LES BRUMES
ASSASSINES

Frédéric Brusson

LES BRUMES ASSASSINES

Roman

Couverture : Brian B. Merrant

Corrections : Catherine Sicsic

ISBN 9781795420105
© 2019, Frédéric Brusson

Aux esprits égarés.

La pire défaillance de la mémoire,
c'est d'oublier qu'on aime.
Grégoire Lacroix

Cette histoire n'aurait jamais dû voir le jour.

Je ne dois en effet qu'au hasard et à la malchance, d'avoir été informé de faits qui se sont déroulés il y a plusieurs années. À une époque encore bénie où nous étions heureux, me semble-t-il. Où rien ne pouvait nous atteindre, Claire et moi. Où nous semblions intouchables.
Ai-je été aveugle à ce point ?
Des mots ont été prononcés, des aveux ont été faits sans que j'y sois préparé. Sans que je me doute de quoi que ce soit. La surprise fut totale et le choc immense. J'ai reçu un uppercut en plein cœur et je ne m'en suis jamais relevé.
J'aurais préféré être sourd et ne rien entendre, juste percevoir une légère vibration J'aurais préféré voir les lèvres bouger sans comprendre un traître mot, et me dire que finalement tout allait bien. Que tout cela n'était qu'un feu de paille, alors qu'en vérité notre maison avait brûlé

comme du papier. De notre monde, il ne restait finalement que des cendres.

Si j'écris ces mots aujourd'hui, ce n'est pas tant pour raconter cette histoire qui n'aurait jamais dû voir le jour, que pour me délester d'un poids. De cette pression sur ma poitrine. Cette sorte d'infarctus.

Sans doute ai-je mes torts dans toute cette affaire. Sans doute aurais-je pu agir autrement à l'époque. Si seulement j'avais vu les signes. Du moins une ébauche de quelque chose de trouble. Une anormalité, comme un grain de beauté suspect ou une boule sous la peau que l'on palpe avec angoisse. Une chose inhabituelle, qui donne le signal d'alerte et vous rend suspicieux. Un avertissement.

Je n'ai rien vu venir.

Je regarde par la fenêtre du bureau où je me trouve et vois la mer au loin, calme et apaisée. C'est un automne à la douceur inhabituelle, une pause avant l'arrivée de l'hiver. Avant ces tempêtes qui secouent les navires et chassent les oiseaux, ces embruns glacés qui noient les terres, ces journées où les hommes restent enfermés chez eux, pris d'une sorte d'abattement. De résignation.

La maison est silencieuse. Comme sonnée par les secrets qui ont été dévoilés entre ses murs de pierre. Les meubles commencent à prendre la poussière mais je n'y prête guère attention. Ça sent le renfermé et une vague odeur de transpiration. Je m'y suis habitué. Et puis, qui m'en ferait le reproche ?

J'allume une cigarette et crache la fumée vers le plafond jauni et lézardé. Sur la plage, des enfants courent un cerf-volant à la main, leurs rires s'envolant vers le ciel d'un bleu délavé. Je les regarde avec envie et une espèce de jalousie mal placée. Depuis combien de temps n'ai-je pas ri ? Depuis combien de temps n'ai-je pas tutoyé les nuages ?

Peut-être devrais abandonner l'écriture de ce récit. Ne pas chercher à vous imposer ma douleur. Vous avez vos propres problèmes, portez votre fardeau sans le dévoiler au regard des autres.

Mais je sais que je peux tout vous raconter, comme à un vieil ami que l'on retrouve un soir au fond d'un bar. Quelqu'un qui vous écoute sans dire un mot, ne vous juge pas et vous ouvre ses bras si vos larmes sont trop lourdes. Un refuge pour les égarés.

Au loin, les goélands planent au-dessus des nuages d'un blanc laiteux, indifférents au manège des rares humains encore présents. Ils ne semblent pas regretter la foule envahissante et le temps des vacances.

Comme chaque été, les étrangers ont en effet déferlé sur la côte en masses compactes et bruyantes, se gavant de soleil, s'enivrant de vin et paressant sur les plages. Le monde est devenu d'un coup bruyant et chaotique. Ça m'a rappelé ces boules à neige que je secouais étant enfant, ce tsunami soudain et brutal. Un affolement passager.

Puis a sonné l'heure du départ et la fin de l'insouciance. Les touristes ont regagné leurs villes telles des abeilles rassasiées s'en retournant à leur ruche. La neige de la fameuse boule s'est re-déposée sur le fond. Le calme est revenu. Et le silence.

Ne restent ici que les vieux, les travailleurs locaux et les chômeurs.

Ne restent ici que ceux qui n'ont nulle part où aller, aucun projet, aucun avenir, un horizon bouché. Une voie sans issue.

Ne reste ici que l'homme qui écrit ces lignes. Un auteur que l'on a oublié depuis des années. Une pâle copie de celui qui fut jadis adulé par les foules, célébré par les médias et respecté par ses pairs. Un écrivain qui mangeait à la table des plus grands. Une étoile filante qui a disparu dans la nuit. À peine un souvenir.

J'ouvre la fenêtre et le vent frais se glisse dans la pièce. Le jour décline comme le rideau de fer d'un magasin qu'on ferme avec lenteur et sans entrain. Le crépuscule envahit le bureau telle une marée montante, une vague de noirceur qui recouvre les livres et les murs. Avec la nuit re-viendront les souvenirs et les pensées sombres.

Avec la nuit, l'image de Claire fera son retour.

Je réalise que je ne me suis pas présenté. Veuillez excuser mon oubli, mon esprit a parfois tendance à s'égarer. À se perdre dans les brumes.

Je m'appelle Paul Heidelberg.

J'ai soixante-cinq ans, le visage buriné d'un marin, la chevelure folle et les yeux marron-vert. Grand et d'une maigreur maladive, je possède la force d'un bûcheron même si mes mains sont celles d'un pianiste, féminines pour ainsi dire. Il n'y a pas grand-chose d'autre à dire de plus.

Je suis un homme ordinaire.

Je suis né ici, au bord de l'Atlantique, dans l'ancienne maison d'un marchand d'esclaves. Une bâtisse aux larges fenêtres, entourée d'un jardin où rien ne poussait : à peine quelques herbes folles et des pins rachitiques. Le sable y avait pris ses aises au grand désarroi de ma mère, qui tenta pendant des années de rendre l'endroit luxuriant. Elle y planta des fleurs (un désastre), des espèces venues d'un désert dont j'ai oublié le nom (sans succès), des arbres de toutes sortes (dont la cime n'atteignit jamais les nuages). Ce jardin, où rien ne daignait grandir, plongea ma mère dans une sorte de tristesse qui ne l'a jamais vraiment quittée. Comme une défaite insurmontable.

La maison comportait un étage où se trouvaient ma chambre et celle de ma mère, une belle salle de bains et un petit bureau qui ne servait jamais, du moins dans mon souvenir.

Au rez-de-chaussée, un vaste salon avec une cheminée en pierre jouxtait une cuisine de belle taille. C'est là que je passais le plus clair de mon temps, jouant aux pieds de ma mère qui se perdait dans la lecture. C'est ce dont je me rappelle le plus : maman absorbée dans son livre, absente au monde et à moi, perdue dans un ailleurs que je ne pouvais pas atteindre. Un lieu incertain.

Ma mère avait des origines irlandaises et se prénommait Glydis. Elle portait comme un étendard de longs cheveux roux, qui tombaient jusque dans son dos. Ses yeux en amande étaient d'un vert troublant, hypnotique, qui me faisaient systématiquement baisser les yeux lorsque j'y plongeais les miens. Sur sa peau, d'une blancheur cadavérique, avaient été semés de minuscules grains de beauté que je m'amusais parfois à compter.

Son visage m'apparaît flou aujourd'hui, comme photographié à la va-vite. Ses contours sont incertains. Il ne me reste en mémoire que son sourire, qui éclairait l'endroit où elle se tenait alors. Quand elle souriait, je ne voyais plus qu'elle.

Claire avait le même sourire quand je l'ai connue.

Ma mère était une personne d'une douceur inouïe. Chaque fois qu'elle me parlait, c'était un chuchotement délicieux. Comme une caresse, une brise légère sur le visage. Chaque fois que sa main se posait sur ma joue, je ressentais une douce chaleur m'envahir. Même ses colères portaient la marque de la retenue, d'une certaine distance avec les événements. Comme si tout cela n'était pas si grave après tout. Que mes bêtises d'enfant faisaient partie de l'apprentissage de la vie. Qu'il y avait pire dans l'existence, ce dont je me rendrais compte bien des années plus tard.

De ma mère, il me reste aussi l'image d'une femme discrète et effacée. Une ombre pour ainsi dire. Une silhouette se tenant à la porte de ma chambre.

J'ai oublié le son de sa voix, sa démarche quand nous nous promenions, ses rires et ses larmes. J'ai oublié le confort de ses bras, l'odeur de ses cheveux et ses baisers. J'ai oublié tant de choses à propos d'elle que ça me mortifie.

Il n'y a pas eu de père.

L'homme abandonna le navire lorsque ma mère lui avoua être enceinte. Il la quitta dans l'instant. Elle sombra dans le désespoir, se noya dans le chagrin. S'en tira de justesse. Une miraculée.

J'en ai longtemps voulu à cet homme, cet inconnu. J'ai pensé pendant des années qu'il m'avait manqué quelque chose pour être entier, complet. Comme si mes fondations avaient été bancales, comme s'il manquait des pierres pour soutenir l'édifice. Comme si tout s'écroulerait au moindre coup de vent. Mais j'étais resté debout.

Un phare dans la tourmente.

Finalement, si le manque persiste encore, j'ai pu vivre sans lui. Je suis devenu un homme, ne m'en suis pas trop mal tiré avec cette faille en moi. Cette cicatrice qui ne s'est jamais refermée. Cette piqûre qui ne fait plus mal, mais qui démange parfois sans qu'on s'y attarde trop.

Une douleur supportable.

J'ai passé une enfance à la lisière du bonheur, ni heureuse ni mauvaise. Je ne me plains pas de mon sort, j'aurais pu connaître bien pire.

Je n'ai pas accumulé les souvenirs comme on collectionne les timbres, patiemment, les rangeant les uns à la suite des autres. Mon album personnel ne conserve que peu de moments intenses : une promenade en bateau pour mes dix ans qui m'a causé un terrible mal de mer, une courte amourette avec une jeune fille de l'école élémentaire (elle s'appelait Catherine et avait l'accent chantant du sud), la honte de ma mère lorsque je jouai pour la première fois du piano devant elle (j'avais pris des leçons mais en pure perte, ne possédant pas l'oreille musicale).

Quoi d'autre ?, me demanderez-vous. C'est peu de choses, j'en conviens, mais c'est tout ce qu'il subsiste de l'enfance. Le reste n'est qu'un brouillard informe. Le reste s'est dissout comme du sucre dans le café.

Me reste en bouche le goût de l'amertume.

Je suis installé dans le canapé du salon, face à la cheminée qui projette des auréoles de lumière sur les murs. Dehors, le vent s'est levé d'un coup, comme une colère divine qui s'abattrait sur le monde. Un châtiment.

J'ai pris avec moi le cahier où j'écris ces lignes, sans savoir où tout cela va me mener. Sans savoir si je pourrai aller au bout. S'il ne vaudrait pas mieux pour vous et moi que j'aille me noyer dans l'océan. Que tout cela disparaisse dans les abysses.

Je n'ai pas encore passé le coup de téléphone qui sonnera le glas de toute cette histoire. Je prends mon temps. Plus rien ne peut être arrangé. Pas de possible retour en arrière. L'épilogue est déjà écrit.

Me reste à payer l'addition.

Avant cela (je veux parler de la déchéance qui

m'attend), je veux profiter un dernier instant du silence qui règne dans la maison. Je veux m'enivrer de vin, fumer jusqu'à me brûler les poumons, lire une dernière fois les poèmes de Baudelaire, respirer l'air marin. Faire aussi mes adieux à cette solitude qui va cruellement me manquer.

J'ai bien conscience qu'il est trop tard pour avoir des regrets. Que j'ai agi en connaissance de cause. Je ne suis pas devenu subitement fou. J'ai fait ce que j'avais à faire, tout simplement. J'en assumerai les conséquences. La condamnation.

On ne manquera pas de me demander si je referais la même chose. Si j'ai eu des scrupules ou éprouvé de la honte. Assurément, on me reprochera la froideur de mon acte, le détachement dont j'ai fait preuve. La lâcheté. On dira que j'avais tout prévu, que je suis un animal à sang froid. On me jugera avant même de connaître mes explications.

Je les laisserai dire et penser ce qu'ils voudront.

Tout cela n'a plus aucune espèce d'importance désormais. Je suis en paix avec moi-même.

Je peux mourir tranquille.

Si l'enfance marqua peu ma mémoire de son empreinte, il en fut autrement lors de l'adolescence.

J'ai traversé cette période dans un état proche de la béatitude, avec l'insouciance de la jeunesse. Le temps du lycée fut celui d'un bonheur simple, sans pression d'aucune sorte (ma mère suivait mes études avec détachement).

Mes souvenirs, ce sont des amitiés profondes, des amourettes furtives (ha, cette fameuse première fois après laquelle nous courrions tous), des parties de flipper endiablées dans la salle enfumée d'un bar du bord de mer. Ce sont des fins d'après-midi passées sur la plage, les corps des filles qu'on regardait la bave aux lèvres, les premiers baisers maladroits et les regards brûlants. Ce sont les escapades à vélo, les cris qui éloignaient les mouettes et les rires qui nous coupaient le souffle. Ce sont des salles de cinéma bruyantes, la musique qui crevait les tympans et ces romans qui nous arrachaient des larmes. C'est aussi le calme d'une soirée d'été sur la plage, le silence qui se faisait, une sorte de respect. C'est une innocence qu'on ne retrouverait jamais. Un état de grâce.

J'ai écrit mon premier texte à cette époque.

À propos d'une fille qui s'appelait Virginie. Une magnifique blonde pulpeuse au sourire enjôleur, qui s'était entichée de moi sans que j'en eusse connu la raison. J'avais alors un physique quelconque, la puberté boutonneuse et une fâcheuse tendance à bégayer pour un rien. J'étais une chose insignifiante.

Elle, c'était une ode à l'amour, une déesse sur terre. La beauté incarnée. Sa silhouette aimantait les regards, sa voix captivait l'auditoire et imposait le silence, ses yeux d'un bleu turquoise vous emmenaient dans un ailleurs délicieux. C'était un Everest inaccessible pour un simple mortel comme moi. L'Olympe m'avait pourtant ouvert ses portes.

Virginie m'avait abordé un soir à la sortie des cours et demandé tout de go si j'étais disponible. Si j'avais le temps d'aller prendre un verre ou de me baigner, manger une glace, faire ce que faisaient les jeunes gens à cette époque. Pour elle, j'avais une vie entière. Nous avions marché des heures ce jour-là. Puis elle m'avait embrassé. Je garde encore en mémoire le goût iodé de ses lèvres.

La parenthèse enchantée se referma quelques semaines plus tard. Virginie me trouvait gentil mais ça s'arrêtait là. Il me manquait du charisme, l'assurance qui plaisait aux filles et un physique de beau garçon. Il me manquait la parole facile et les sourires désarmants. De l'insouciance. Elle n'avait pas exprimé cela en ces termes, mais j'avais su lire entre les lignes. Les non-dits.
Nos chemins s'étaient séparés en douceur.

Mon cœur bat toujours différemment lorsque je repense à elle.

Ce texte fondateur, j'ai dû, je suppose, le jeter après notre séparation. Mais il a déclenché la suite, il a ouvert la voie sur le chemin de l'écriture.
Le ver était dans le fruit.

Après Virginie, il y a eu des amours éphémères, des étoiles filantes. Il y a eu des désastres annoncés, des portes refermées sans fracas, la gêne au moment de dire *non*. Il y a eu des traversées du désert, des jours privés d'espoir, le manque d'amour qui flétrit le cœur. Un abattement.
Puis il y a eu Claire.

De certains événements, je n'ai conservé en mémoire qu'une image floue, un brouillard opaque. Comme si mon esprit peinait à reconstituer les faits, à donner un aspect uniforme à l'ensemble. Ma rencontre avec Claire, elle, m'apparaît limpide comme l'eau d'un lac, d'une extrême clarté.

Je me souviens de tout.

C'est un soir de juin.

La chaleur étouffe la ville. Une légère brise venant du large suffit à peine à nous rafraîchir. Les peaux sont moites et les corps lourds. Les yeux, cernés par de trop courtes nuits de sommeil, ont perdu de leur éclat. C'est la fin de l'année scolaire et nous tenons à peine debout. Nous sommes des survivants.

J'ai dix-sept ans.

J'ai été invité à la fête d'anniversaire d'un camarade de classe. Nous nous trouvons chez ses parents (qui ont décampé pour nous laisser la maison), et sommes entassés dans un petit salon à la décoration classique. La musique bat son plein, les paquets de cigarettes passent de main en main, l'alcool glisse dans les gorges asséchées par la chaleur. L'endroit sent la sueur, le tabac et le vomi aux abords des toilettes. L'endroit sent les phéromones, le sexe pour être tout à fait franc. Le bruit et la fureur.

Garçons et filles s'observent à la dérobée sans oser faire le premier pas, de peur de paraître ridicule, de devenir la risée de l'assemblée. Je ne déroge pas à la règle, reste dans mon coin, le nez dans mon verre. Comme si le breuvage détenait la clé de la séduction, un mode d'emploi.

L'attente prend fin d'un coup. Une chanson des Beatles nous conduit sur la minuscule piste de danse improvisée. Les corps se déhanchent, se frôlent sans retenue. Les mains se touchent, les lèvres s'effleurent. L'électricité envahit l'air.

Je danse seul une bonne partie de la soirée. Je reluque les filles, leurs corps et les formes attractives qu'on devine sous les tee-shirts et les jeans trop serrés. Pas une ne semble s'intéresser à moi. Je suis transparent. Certains de mes camarades, eux, sont déjà vautrés dans le canapé ou les fauteuils, embrassant et caressant, brûlant de désir. Des corps inflammables.

Exténué et en sueur, je me résous à l'exil. Je rejoins la petite terrasse surplombant le jardin pour me rafraîchir et profiter d'un calme relatif. Une fille fume une cigarette en silence. Elle pleure.

Je me tiens près d'elle un long moment, ne sachant pas quoi faire. Je glisse régulièrement un œil dans sa direction, mais ne distingue pas en-

tièrement son visage, en partie caché par ses longs cheveux ébène. Je perçois seulement des sanglots étouffés, la douleur.

Je reste ainsi, immobile, à fumer pour me donner une contenance. Je n'ose pas l'abandonner, la laisser seule avec sa peine qui semble immense, un océan.

D'un coup, je sens sa tête, lourde d'un chagrin trop pesant, se poser sur mon épaule. La fille ne dit rien, se contente de rester là, contre moi. Ça semble durer des heures.

Je crois qu'elle s'est endormie. Ou que sa détresse l'a tuée, comme ça, sans prévenir. Que son cœur s'est arrêté de battre et a trouvé le repos. Un apaisement.

Ce moment est une pure merveille, un cadeau des cieux. Malgré la douleur, nous partageons quelque chose d'intense et de sublime. Une communion. Plus jamais je ne ressentirai ça.

Au bout d'une heure, une année peut-être, le flot des larmes se tarit. La fille pose un baiser sur ma joue en murmurant un merci.

- Je m'appelle Claire, dit-elle en rejoignant le salon. Peut-être nous reverrons-nous ?

Je tiens le téléphone dans ma main, mais je ne compose pas le numéro. Le temps n'est pas encore venu. Il me faut terminer ce récit, aller jusqu'au bout. Il me reste tant de choses à raconter, de souvenirs à évoquer et de larmes à verser. Je ne suis pas encore prêt à lâcher prise, à me livrer au hommes.

À accepter le verdict de mes juges.

J'entends le bruit des vagues, la furie qui s'est emparée du monde. Qui pourrait-être assez fou, ou inconscient, pour se risquer au-dehors ? Qui aurait le courage d'affronter la tempête, de marcher face au vent et de garder la tête haute ? De rester debout ? Moi, assurément. J'ai connu pire.

J'ai combattu les brumes.

J'ouvre une bouteille de vin, un grand cru classé. Je fais tourner le liquide ambré dans un verre ballon et le hume, m'enivre de son odeur boisée. J'en avale une gorgée, soupire d'aise et m'assieds dans le canapé. Quand aurai-je à nouveau l'occasion de boire du vin ?

Je regarde le feu crépiter dans la cheminée et repense à toute cette histoire. À ce qui s'est passé ici, entre ces murs. Je ne me rappelle pas exactement quand tout a commencé. Le basculement.

Ma mémoire me joue parfois des tours, j'en conviens. Je vais essayer d'être précis malgré tout, de ne rien omettre, et de rester un tant soit peu objectif.

Le vin me tourne un peu la tête. C'est une sensation agréable, apaisante. L'envie de dormir me gagne, mais je dois terminer mon histoire.

J'allume une cigarette et repense à Claire, à nos débuts.

Je ne la revoie qu'une semaine plus tard.

Je sais qu'elle fréquente le même lycée que moi mais, bizarrement, nous ne nous croisons ni dans les couloirs, ni dans la cour où nous prenons nos pauses. Elle semble avoir disparu.
Je deviens de plus en plus nerveux, ne tiens pas en place, observe la foule bruyante dans l'espoir de la reconnaître. Elle s'est volatilisée, semble-t-il. Je suis au bord du désespoir. Un condamné.

Un soir, après les cours, Claire se présente devant moi, sourire aux lèvres.

- Je t'avais dit que nous nous reverrions.

J'ignore encore à cet instant qu'on ne se quittera plus.

Nous sommes installés à la terrasse d'un café.

Face à nous, les vagues s'échouent lentement sur le sable comme des baleines à bout de force. L'été s'est installé et avec lui une sorte de torpeur qui engourdit les corps, une paralysie.

La foule s'est pressée sur la plage, on dirait une colonie de phoques amorphes. Seul les plus jeunes ont le courage de rejoindre les flots. Les anciens, eux, s'abritent sous des parasols, feuillettent distraitement des magazines ou ne font rien d'autre que regarder leurs voisins. D'assister au spectacle.

Nous contemplons l'horizon en silence, absorbés par la beauté d'une mer aux reflets d'argent. C'est notre premier rendez-vous, un voyage en terre inconnue.

Je peux observer Claire à loisir.
Mon regard se porte sur son visage tanné par

le soleil et piqueté de minuscules taches de rousseur. La couleur de ses yeux d'un bleu saphir tranche avec celle de ses lèvres vermillon. Sa chevelure sombre encadre un ovale parfait d'une beauté troublante. La lumière qui se pose sur elle lui donne l'apparence d'une madone. J'en suis profondément ému.

Claire porte une robe blanche qui laisse deviner des formes discrètes, presque enfantines. La poitrine est menue et la taille plutôt fine. Ses mains sont si petites qu'elles semblent tout juste aptes à tenir une brindille. Seules ses jambes, interminables, paraissent avoir poussé dans les temps, prenant de vitesse les autres parties de son corps.

La voix de Claire est un roulis tranquille, un courant qui vous entraîne et vous berce, lancinant. Les mots se font murmures, les phrases sont des brises qui vous effleurent à peine. Je l'écoute comme on entend une prière, avec dévotion. Je suis pendu à ses lèvres, que je voudrais déjà goûter.

Nous n'évoquons pas la soirée de juin, ses larmes sur mon épaule.

Claire me parle de sa vie.

Elle me parle de sa venue au monde, il y a seize ans, au sein d'une famille modeste. De parents aimants mais distants, comme intimidés par sa présence. D'une enfance sans relief, aussi

ennuyeuse qu'une pluie d'automne qu'on re-
garde tomber derrière une vitre.

Elle me parle de son amour des livres, de la
mer aux multiples visages qui la fascine, d'un
chien qu'elle a eu étant enfant et qui est mort.
De cette blessure qui ne s'est jamais refermée.

Elle me parle de cette solitude qui l'accom-
pagne depuis toujours, cette impression d'être
seule même au milieu d'une foule. D'être hors du
monde.

Elle me parle de sa passion pour le cinéma,
des heures passées dans les salles obscures, le
regard brûlant à force de fixer l'écran.

Elle me parle du peu d'amies qu'elle possède,
moins que les doigts d'une main.

Elle me parle et je suis une éponge, je retiens
tout. Je garde ça en moi, ai l'impression que
chaque mot a son importance. Que si je rate
quelque chose, il me manquera une part d'elle,
un morceau du puzzle. Et que je ne pourrais ja-
mais la contempler dans son ensemble. Comme
si ma vue était altérée par une myopie qui rend
les choses floues, incertaines.

Claire sourit beaucoup. C'est un détail qui
me frappe, moi qui souris si peu.

Ça éclaire son visage, ça l'illumine d'un coup
comme un tir de feu d'artifice déchirant la nuit.
J'aime déjà ses sourires, ce qu'ils déclenchent
en moi, une forme d'apaisement.

Je sens d'emblée que quelque chose passe

entre nous. Un courant, une fièvre, un virus.

Une attraction.

Je parle peu.

Ce n'est pas mon genre d'ouvrir les vannes, de laisser couler mes émotions et les mots. Je suis un taiseux comme on dit, avare de paroles. Je ne m'aime pas assez pour me mettre en avant, pour oser fendre la carapace. J'ai toujours pré-féré garder mes distances, me tenir à l'abri der-rière des silences et une espèce de côté sombre, ombrageux. Inaccessible.

Claire ne m'en tient pas rigueur, semble même s'amuser de mon mutisme. Elle parle pour nous deux, lance inlassablement des vagues de mots contre ma digue, espérant sans doute la déborder. Un tsunami qui finalement me noie et m'engloutit. Et me fait sourire malgré moi. Une petite victoire qui la fait rire.

Je tombe amoureux d'elle à cet instant précis.

On frappe à la porte.

Trois coups discrets me ramènent brutalement à la réalité. Je ne vais pas ouvrir, je me doute que c'est la voisine qui vient prendre des nouvelles.

Estelle fait partie de ces personnes qui se croient investies d'une mission sacrée, ou quelque chose dans le genre. Elle a jeté son dévolu sur moi, considère qu'il est de son devoir de me protéger (de quoi ?), de veiller sur mon bien-être, d'être disponible si j'ai besoin d'elle (aucun risque que cela arrive).

Elle a toujours vécu ici, de l'autre côté de la rue. Elle connaît chaque habitant, est au fait de la moindre nouvelle, passe son temps derrière sa fenêtre pour contempler son royaume. C'est un peu notre concierge. Une des sept plaies d'Égypte, si vous voulez mon avis.

Depuis qu'elle sait que j'écris, elle me couve du regard comme une mère son chaton. Elle m'a lu et relu, s'est extasiée sur ma plume, a exigé que je lui dédicace chacun de mes livres. Elle m'a apporté nombre de plats maison pour que je me consacre entièrement à mon travail, que je ne perde pas de temps en futilités. Je ne compte plus les gratins, salades, cakes et autres quiches qui ont terminé à la poubelle. Je lui ai à plusieurs reprises signalé qu'elle se donnait trop de mal, que je ne méritais pas toute cette gentillesse (je peux être hypocrite parfois), que je ne voulais pas la déranger. En pure perte. Autant faire de grands signes à un aveugle.

Estelle se tient derrière la porte, je le sais. Piaffant sans doute d'impatience et légèrement inquiète. Peut-être a-t-elle amené l'un de ses improbables plats, excuse toute trouvée pour rentrer chez moi et faire le tour du propriétaire. Humer l'air comme le ferait un chien, puis s'installer dans mon canapé.

Elle saurait immédiatement qu'il y a un problème, qu'il s'est passé quelque chose. Elle le verrait dans mon regard.

Je ne fais pas le moindre bruit, j'attends qu'elle s'en aille. Je me doute qu'elle reviendra demain tenter à nouveau sa chance.

Demain, je serai parti.

La nuit a été agitée.

Je n'ai cessé de penser à Claire, j'ai eu un mal de chien à trouver le sommeil. Je me suis levé à plusieurs reprises pour aller boire un verre d'eau, ai lu quelques chapitres d'un livre, essayé de multiples positions dans mon lit pour que la fatigue m'emporte. En vain.

Je n'ai abdiqué qu'au petit matin.

Je me réveille en sueur et d'humeur maussade. La chaleur dans ma chambre est déjà étouffante. Je me précipite sous la douche, laisse l'eau fraîche couler sur moi pendant de longues minutes, espère un choc qui ne vient pas. Je suis exténué.

Je touche à peine à mon petit-déjeuner, me contente d'un bol de café et d'une cigarette à la fenêtre de la cuisine. Maman m'observe avec suspicion. Elle est douée pour ça : deviner quand il se passe quelque chose d'anormal. Elle

ne dit rien et m'apporte une aspirine. Je lui em-
brasserais les pieds si j'en avais encore la force.

Une fois revenu dans ma chambre, je m'affale
sur mon lit et repense à notre rendez-vous d'hier.
Je revois Claire et ses longs cheveux noirs, sa
robe laissant voir en partie ses jambes nues, ses
yeux dont la couleur ferait pâlir d'envie l'océan.
J'entends encore le timbre suave de sa voix,
cette musique dans ma tête. Mon cœur s'emballe
d'un coup, comme un métronome fou.

Je dois la revoir. Vite. C'est une question de
survie, me semble-t-il.

Je me lève en hâte, ce qui me fait tourner la
tête quelques secondes. Je reprends mon souffle
et m'habille de vêtements légers. Je sors de la
maison puis gagne le front de mer, le pas lourd,
la démarche incertaine. On croirait voir un
ivrogne au petit matin.

Je me dirige vers une cabine téléphonique et
sors de ma poche le bout de papier sur lequel
est noté son numéro.

Claire répond à la première sonnerie.

- Je savais que tu allais m'appeler, dit-elle.

Je peux presque voir un sourire se dessiner
sur son visage d'ange.

- Il faut que je te voie, murmuré-je. On pour-

rait aller se promener sur la plage ou nous rendre à la fête foraine.

J'ai toujours eu une peur bleue des manèges à sensations mais, pour elle, j'accepterais les vertiges et les haut-le-cœur. J'accepterais sans broncher l'angoisse et les sueurs froides. Je me tiendrais debout, fort et fier, prêt à combattre l'adversité. La trouille, pour être clair.

- On pourrait aller voir un film, si ça te dit.

Je suis évidemment partant. Nous nous fixons rendez-vous dans l'après-midi aux abords du Palace, seul cinéma de la ville.

- Au fait, j'ai beaucoup pensé à toi, glisse-t-elle avant de raccrocher.

J'écris depuis des années, mais je n'y prends aucun plaisir.

Rester assis à un bureau, immobile, demande une énergie folle, un effort surhumain. Ça exige une énorme volonté, une forme de masochisme aussi. Pourquoi continuer ? Parce que c'est un besoin, un exutoire, une manière de faire sortir les maux. Un moyen de ne pas devenir fou.

Ça a débuté avec de courts textes à propos de ma vie, de mes angoisses, de mes peurs et de mes espoirs. J'ai beaucoup écrit sur les femmes et leur mystère, cette aura qui semble les entourer.

J'ai passé ma vie à essayer de les comprendre, ai toujours eu l'impression de rester à la surface des choses, de ne voir que la partie émergée de l'iceberg. De ne percevoir qu'une silhouette floue, une forme incomplète. Des bouts de femmes et de vies. Les détails d'une toile, qui ne se laisserait pas admirer dans son ensemble.

Une sorte de brouillon.

Mes romans parlent exclusivement d'amour. On me l'a assez reproché. Les critiques s'en sont donné à cœur joie, m'en ont voulu de n'aborder que ce thème. Comme si j'étais incapable d'écrire sur autre chose. C'est peut-être vrai après tout, mais c'est ainsi. Il n'y a à mon avis rien qui mérite plus qu'on s'y attarde. Rien qui fasse autant battre le cœur. Qui fasse se sentir vivant.

Je regarde la bibliothèque. Ma vie s'y trouve rangée sur une trentaine de centimètres. Quelques romans, plus ou moins bons, et c'est tout. Tant d'heures de travail, de tension et de patience pour en arriver là. Un héritage modeste.

J'aurais pu faire mieux. J'aurais pu construire des monuments qui auraient traversé les siècles, inventer le vaccin contre le cancer, partir en Afrique pour combattre la misère et travailler à rendre le monde meilleur. Avant qu'il ne soit trop tard, que l'on foute cette planète en l'air et qu'on disparaisse. Comme des nuisibles, que la nature aurait supportés trop longtemps. Des intrus.

Je devrai me contenter de ça, de ces milliers de mots. De cette empreinte, que le temps finira par effacer. Comme une brosse sur un tableau noir. L'éphémère.

Une immense affiche de Casablanca *trône à l'entrée du cinéma.*

Claire n'a pas hésité longtemps avant de faire son choix. Je l'ai suivie dans la salle, tendu et excité à la fois.

Nous prenons place dans de moelleux fauteuils rouges, non sans avoir au préalable fait le plein de pop-corn et de sodas. La fumée des cigarettes a déjà envahi l'endroit, formant un brouillard que la ventilation peine à évacuer. La jeunesse présente est bruyante et dissipée. Les garçons scrutent la salle à la recherche de filles seules, prêts à offrir une part de leurs friandises. En espérant ensuite un retour sur investissement, une étreinte ou un baiser. On s'observe à la dérobée, on se salue à distance, on s'envoie parfois des doigts d'honneur. C'est un joyeux brouhaha.

Claire est d'une beauté qui me laisse sans voix. Elle porte une jupe blanche et une petit haut d'un bleu pastel, des boucles d'oreilles argentées et un ruban noir dans les cheveux. Elle est sublime.

Elle me parle de ce film qu'elle a déjà vu trois fois, et qui la fait pleurer comme une gosse. Elle me joue les scènes principales, imite la voix des acteurs. S'excuse aussitôt pour ses piètres talents d'actrice. Je lui dis qu'elle est magnifique et remarque le rouge qui colore ses joues. Elle se colle contre moi et nous piochons dans le paquet de pop-corn. C'est le meilleur pop-corn que j'aie jamais mangé.

Les lumières s'éteignent d'un coup et le silence se fait. Une musique fait trembler les haut-parleurs, puis le générique déroule le nom des acteurs. Les mots m'apparaissent flous, je ne perçois que la présence de Claire à mes côtés, l'odeur de son parfum sucré.

Les images en noir et blanc se succèdent dans un silence quasi religieux. Mes yeux sont rivés sur l'écran, mais je n'arrive pas à me concentrer sur le film. Mes pensées s'envolent vers le siège situé à ma droite, vers celle qui m'émeut tant et me perturbe. Je pose négligemment une main sur l'accoudoir qui nous sépare, me colle sensiblement à elle dans l'espoir qu'elle comprenne le message. Elle ne cille pas, imperturbable. Je *pourrais jouer un air de mandoline à ses pieds qu'elle me verrait à peine. Elle semble ailleurs.*

Je n'ai jamais été doué pour flirter.

La faute à une timidité maladive qui bloque tous mes élans. Qui m'a fait échouer si près du but à de nombreuses reprises. Je suis un marin dont le bateau coulerait à quelques encablures du rivage. C'est arrivé tant de fois, cette désillusion. L'impression de me retrouver seul sur un radeau au milieu de l'océan. De ne jamais trouver une terre d'asile, un cœur où poser mon baluchon.

Je ne possède pas l'assurance d'un séducteur, peine à trouver les mots qui font mouche et brisent les premières défenses. J'ai cet air gauche qui me fait paraître un peu niais. On me dit en souriant que je suis gentil. Mais ce sourire est comme une claque, un désaveu. Je suis l'ami fidèle, une oreille attentive. On m'apprécie pour ça. Ma compagnie est toujours recherchée et je suis de toutes les fêtes.

Mais on ne m'aime pas.

Les filles ne se retournent pas sur mon passage, ne semblent pas me voir. J'ai l'apparence de la banalité : un corps malingre qui fait penser à celui d'une cigogne, un cou haut perché, un regard fuyant et une chevelure désordonnée. Je ne suis pas attirant, j'en suis bien conscient. Je ne possède pas la beauté des dieux, des élus, de ceux pour qui tout semble facile et gagné d'avance. Chaque conquête est une surprise. Une chance qui se présente rarement. Une anomalie.

Humphrey Bogart occupe tout l'écran. Il est superbe de nonchalance et de charisme. Je ressens de la jalousie à son égard. Il est tout ce que je ne suis pas, ce que je ne serai jamais. Une icône.

Je m'enfonce un peu plus dans mon fauteuil, voudrais disparaître sous terre ou sauter dans le vide. Une main me retient et m'évite la chute. Celle de Claire vient de se poser sur la mienne et nos doigts s'entrelacent immédiatement. Sans un mot, elle me dévisage dans la pénombre et me sourit. Mais ce sourire est différent des autres. Il ne dit pas : tu es gentil, mais... *Il dit :* je suis là, avec toi, et tu me plais.

Nos mains ne se quittent pas.
Je crois qu'elles ne se quitteront jamais, qu'elles ont trouvé un terrain d'entente, une harmonie. Nos doigts effleurent nos peaux, découvrent leur douceur, leurs aspérités et leurs grains de beauté. Nos doigts exécutent une sorte de danse orientale d'une sensualité rare, semblent se disjoindre pour se souder à nouveau. Nos doigts expriment ce que nos bouches n'ont pas encore osé avouer. L'attirance.

Je me penche vers Claire et pose une main sur sa joue. Puis mes lèvres rencontrent les siennes. C'est chaud, humide et doux comme un pétale de rose. Je glisse ma langue dans sa bouche et la sienne la rejoint. Elle a goût de fraise Tagada et de Coca. Nos langues font toutes sortes d'arabesques, se fuient pour mieux se retrouver, se découvrent pour mieux s'apprivoiser. Ce premier baiser dure une éternité, j'en perds quasiment mon souffle. Je suis en apnée.

Nos bouches se détachent à regret et nous rions.
Nous rions, comme soulagés d'un poids. Nous rions, presque gênés par la tournure que prennent les événements. Nous rions, à défaut de pleurer, parce que ce moment de grâce est d'une beauté inouïe. Parce qu'il nous appartient et restera en nous pour toujours.
Pour l'éternité.

Claire se colle contre moi et nous ne bougeons plus. Je passe un bras autour de ses épaules. Ce geste ne veut pas dire qu'elle m'appartient (on n'appartient jamais à quelqu'un). Ce geste signifie que je suis là pour la protéger, que je suis un refuge.
Une île où débarquer.

Nous ne parlons pas pendant le reste du film. Il y a des silences qui valent plus que les mots.

Des regards qui en disent long.

Des caresses qui font passer mille messages.

À cet instant, nous nous comprenons parfaitement.

Je crois que j'ai trop bu.

La tête me tourne légèrement quand je m'extirpe du canapé. Tant mieux, pensé-je, ce sera plus facile quand le temps sera venu de passer ce maudit coup de téléphone.

J'ai la démarche incertaine, celle d'un marin posant le pied à terre après un long voyage. Je me rends dans la salle de bains et me passe de l'eau froide sur le visage. Le miroir me renvoie l'image d'un homme aux traits tirés. Y a-t-il du remord dans mon regard, de la honte ou une forme de culpabilité ? Rien de tout cela. Juste une immense lassitude. La conscience que tout cela prendra bientôt fin. Un soulagement.

J'ai déjà préparé quelques affaires et mis le tout dans une valise. Des vêtements propres, quelques paquets de cigarettes, deux ou trois livres : je n'aurai besoin de rien d'autre, là où j'irai.

Où je pourrai affronter mes démons.

Je n'ai que dix-sept ans, mais j'ai l'impression d'être devenu un homme. De m'être métamorphosé en un papillon aux couleurs chamarrées. D'avoir enfin pris mon envol dans la vie. D'être quelqu'un.

Je dois revoir Claire aujourd'hui.

Je l'ai invitée à passer chez moi pour qu'elle découvre mon antre (ma mère sera absente, ce qui nous évitera les questions muettes, les regards suspicieux).

Je me suis levé de bonne heure pour nettoyer et ranger ma chambre, me raser de près et m'habiller avec soin (ce qui m'a pris une éternité me semble-t-il).

Je regarde la pendule du salon toutes les trente secondes, impatient et anxieux à la fois. Je ne tiens pas en place, fume une cigarette après l'autre, vais vérifier dans la salle de bains que je suis bien coiffé. J'ai l'impression de passer un examen.

Quand on sonne, je manque défaillir.

J'ouvre la porte et le sourire de Claire me souhaite le bonjour. Puis nos lèvres se rejoignent.

Nos corps s'étreignent longuement.

Je pourrais rester ainsi des heures, immobile, à la tenir contre moi. Je crois qu'il n'y rien de plus beau et de plus fort dans la vie. L'osmose.

- Bonjour toi, finis-je par murmurer, mon visage enfoui dans ses cheveux.

Ça sent les champs d'oliviers, ça a le parfum du Sud. Je peux presque entendre le chant des cigales, imaginer une sieste dans un hamac à l'ombre d'un platane, être bercé par le bruit lancinant d'une fontaine tout proche.

Je reste collé contre Claire et je sens son souffle qui s'accélère, ses mains qui s'accrochent à moi comme des serres, sa bouche qui ne quitte plus mon cou et y dépose de rapides baisers. La montée du désir.

Je m'écarte d'elle à regret et la contemple.

Elle porte un short qui laisse voir ses jambes fuselées, un haut blanc qui cache à peine ses seins (mon Dieu, j'ai l'impression qu'elle ne porte pas de soutien-gorge), un léger maquillage qui accentue son regard. Je me rends compte que je bande, m'enfuis aussitôt vers la cuisine pour aller nous chercher un rafraîchis-

sement.

Quand je reviens avec deux sodas, Claire a disparu.

- Claire ? CLAIRE ?

Je commence à paniquer, me dis qu'elle a subitement pris peur et est rentrée chez elle. Je me dis qu'à nouveau, je n'ai pas su me faire aimer. Qu'on m'a laissé sur le bord de la route. Comme un chien.

- Je suis là-haut, hurle t-elle.

Je me précipite à l'étage, fonce vers ma chambre et la découvre allongée sur mon lit.
Nue.

J'arrache les pages une à une.

Le papier, jauni par le temps, prend feu immédiatement, créant des flammèches qui s'envolent comme des lucioles puis s'échappent par le conduit de la cheminée.

Il faut à peine une heure pour que mes romans partent en fumée. Pour qu'il ne subsiste dans cette maison rien d'autre que des regrets.

Un gâchis monstrueux.

C'est un peu ma punition, cet autodafé.

Je n'envisage pas de quitter cette maison en y laissant mon empreinte. Je dois me débarrasser de mes livres, comme on élimine un témoin gênant. Je dois occulter même jusqu'à leur écriture. Pour purger mon esprit, oublier que Claire est présente dans chacune de mes histoires, y tient le premier rôle. Oublier surtout ce qui s'est passé ici.

Oublier les brumes assassines.

- *Viens.*

Claire me tend la main et je m'allonge à ses côtés.

Nous nous embrassons tendrement, nous collons l'un à l'autre comme si nous mourions de froid. Mais c'est de peur dont nous mourons. C'est notre première fois, un saut dans l'inconnu.

Une de mes mains s'aventure sur ses cuisses, remonte lentement vers son ventre lisse, puis stoppe sa course sur un sein. Ma paume l'englobe entièrement, je peux en sentir la douceur, le frémissement qui le secoue lorsque mes doigts caressent le téton déjà dur. Je peux entendre le souffle de Claire s'accélérer lorsque je le prends dans ma bouche, et que ma langue en apprécie le goût.

Je fais descendre ma main, mes doigts se posent sur son triangle brun, découvrent un en-

droit humide et chaud. Claire respire plus fort d'un coup, m'arrache littéralement ma chemise et mon caleçon et me supplie de le faire.

De faire ce que nous avons tous en tête depuis des mois : l'amour.

Ce truc d'adulte, de grande personne, dont on ne parle pas parce qu'on est vierge et qu'on y connaît rien. On ne nous a pas expliqué comment ça fonctionne, on ne nous a pas donné de mode d'emploi. Nos parents encore moins, parce que c'est tabou pour ainsi dire, à la limite de l'obscène. De la saleté.

Je parviens maladroitement à venir en elle.

Ça fait comme un mur que l'on casse quand mon sexe s'introduit dans le sien. Claire pousse un petit cri, me dit que ce n'est rien, que c'est bizarre comme sensation, que c'est douloureux et bon à la fois, qu'il faut que j'aille doucement, et qu'on a tout notre temps.

Mais je ne peux retenir mon désir, qui vient en elle d'un coup et nous coupe le souffle. Nous laisse pantois, abasourdis par ce qui vient de se passer. Nous l'avons fait : Nous avons percé le Grand mystère.

Nous nous endormons avec le sentiment d'avoir franchi une frontière, d'être passés à l'âge adulte.

Nous le refaisons plusieurs fois dans l'après-midi.

Nous ne nous lassons pas des caresses, des baisers, de la découverte mutuelle de nos corps, de nos têtes qui tournent au moment de la jouissance. Nous ne nous lassons pas du désir qui nous enflamme, de la chaleur de l'autre, de ces sensations que nous n'avons jamais éprouvées. Ces montagnes russes que nos cœurs subissent.
   Un manège endiablé.

Pour souffler un peu entre deux assauts amoureux, nous fumons à la fenêtre de ma chambre, prenons une douche ensemble, nous gavons de glace et de sodas, restons la plupart du temps silencieux.
   Claire en profite aussi pour inspecter le contenu de ma bibliothèque, faisant la moue à la vue de certains auteurs, grognant de satisfaction quand elle découvre que je possède tous les romans de John Fante. S'extasiant aussi devant les œuvres de Zweig ou de Hesse. Se retournant enfin, tenant à la main La promesse de l'aube, *et me souriant comme si j'étais son héros.*

   - Je crois que je suis amoureuse, murmure-t-elle.

47

Ma mère me passe un savon mémorable.
Je ne l'ai jamais vue énervée à ce point, une vraie hystérique. Une folle.

Elle sait tout. Pour Claire, je veux dire. Ce que nous avons fait dans ma chambre.
Elle a vu les indices : mon sourire idiot, les cernes sous mes yeux, les draps défaits, la légère morsure dans mon cou. Elle a senti le parfum féminin stagnant encore dans l'air.

Elle me convoque dans le salon, m'indique le canapé et se poste devant moi les bras croisés sur la poitrine.

- Ça dure depuis combien de temps, cette histoire ?, me demande-t-elle froidement.

Je balbutie que c'est récent, que c'est la première fois, que je suis désolé. Je m'enfonce un peu plus dans le canapé, les épaules voûtées et *la tête basse. J'ai presque envie de pleurer.*

- Tu connais bien cette fille ? Tu sais d'où elle vient, avec qui elle a couché auparavant ? Tu sais si elle prend la pilule ? Tu as mis un préservatif, au moins ?

La rafale de questions me fusille autant que son regard. Je n'ai même pas le temps de répondre.

- Non, bien sûr, vous ne vous êtes pas protégés. Vous avez sauté sur le lit et vous l'avez fait. Et c'était bon, hein ? Vos hormones ont pris le dessus sur vos cerveaux, vous n'avez pas réfléchi. Et vous comptez le refaire, encore et encore, je me trompe ? Et quand cette fille sera enceinte, vous ferez quoi ?

Ma mère n'attend pas de réponse, allume une cigarette puis s'effondre en larmes dans un fauteuil.

- Vous ferez quoi ?!!

Je suis tétanisé par l'image de ma mère en pleurs. C'est si rare qu'elle lâche prise devant moi, qu'elle laisse sortir ses émotions. Que je la voie telle qu'elle est vraiment. Une écorchée.

- Ton père nous a abandonnés à cause de ça,

reprend-elle dans un sanglot. L'insouciance dont nous avons fait preuve à l'époque. Bien entendu, je ne regrette pas ta venue au monde, mais nous étions si jeunes. Innocents.

Nous n'étions pas prêts, tout simplement. Nous aurions dû apprendre à mieux nous connaître, vivre ensemble, laisser faire les choses. Prendre notre temps.

Finalement, tu es arrivé et il est parti.

Nous sommes tous les deux aujourd'hui, alors que nous devrions être trois.

Promets moi de faire attention, mon fils. Promets moi de ne pas reproduire mes erreurs.

Je suis abasourdi.

Ma mère est prostrée là, devant moi, et je ne sais pas quoi faire, quoi dire pour la réconforter. Je comprends qu'à travers moi, elle vient de faire un bond dans le passé, de revivre une souffrance extrême. L'abandon.

Je me lève finalement et la prends maladroitement dans mes bras, la berce comme une enfant, celle qu'elle est redevenue à cet instant. Elle pleure pendant un bon moment, évacue le trop plein, ce qu'elle retient en elle depuis des années. Une digue qui cède.

- Je te promets de faire attention, dis-je doucement. Je ne veux pas être père, du moins pas tout de suite. Je veux profiter de la vie, m'amu-

ser, sortir, découvrir le monde. Je veux être certain de ne pas me tromper de fille. Je ne suis pas pressé.

Ma mère lève les yeux et me sourit enfin.

J'ai entendu la voix de mon père pour la première fois quelques semaines après la parution de mon deuxième roman.

Le succès avait été fulgurant et ma photo était apparue à plusieurs reprises dans les journaux. On commençait à parler de moi pour un prix prestigieux, des organisateurs m'invitaient sur leurs salons, j'étais devenu à la mode. Une nouvelle étoile dans le ciel.

Quand j'ai décroché le téléphone ce jour-là, un inconnu a sobrement dit : *Je m'appelle Antoine. Je suis ton père.*

Sur le coup, j'ai cru à une mauvaise blague, j'ai ricané, j'ai dit que je n'avais pas de père. Qu'il était mort et enterré, que c'était très bien ainsi.

L'homme m'a donné des détails sur sa rencontre avec ma mère, puis a évoqué son départ.

Sa fuite.

Il m'a dit regretter son geste, qu'à l'époque il n'était pas prêt à s'engager. Qu'il était trop jeune aussi.

La voix de mon père était rocailleuse. Celle d'un gros fumeur assurément.

Il a toussé à plusieurs reprises, m'a avoué être gravement malade. Le crabe faisait des ravages dans son corps fatigué. Il n'en avait plus pour très longtemps. Et espérait me voir avant la fin.

J'ai refusé tout net.

Je lui en voulais d'avoir attendu tout ce temps pour se manifester. Je lui en voulais pour cette enfance vécue sans lui. D'avoir été un fantôme qui avait hanté mes nuits. Je lui en voulais pour cette absence, de n'avoir pas tenu ma main lors de mes premiers pas, de n'avoir pas chanté *bon anniversaire*, d'avoir laissé mon cœur en partie vide d'amour. D'avoir laissé un gouffre qui avait failli m'engloutir. Un manque, une déception.

- Quand je serai mort, tu viendras cracher sur ma tombe, c'est ça ?, m'avait-il demandé.

- Je n'y manquerai pas, avais-je rétorqué avant de raccrocher.

Je n'ai plus jamais entendu parler de lui.
Je ne suis pas allé cracher sur sa tombe.
J'ai oublié mon père, cet inconnu.

La mer semble endormie.

Il n'y a pas un souffle d'air, pas d'oiseaux virevoltant dans le ciel, aucun navire à l'horizon. C'est un paysage figé que nous contemplons, Claire et moi.

Nous sommes assis sur un banc, blottis l'un contre l'autre, plongés dans un silence respectueux. Comme en prière.

De temps à autre, nous échangeons un baiser, nos mains se caressent et nos regards se croisent. Je l'aime déjà, je le sais, mais je n'arrive pas encore à le lui dire. Cette putain de timidité qui me bloque. Ce barrage des émotions.

Je lui parle finalement de ma mère, de ses angoisses et de la crise qu'elle a piquée. Claire me rassure immédiatement : elle prend la pilule, elle est réglée comme une horloge, il n'y a pas de soucis à se faire. Puis elle m'embrasse et me dit qu'elle en a très envie, là, maintenant. Elle me prend par la main et nous nous dirigeons vers les dunes, où personne ne vient jamais s'aventurer. Nous le faisons dans le sable, sous un ciel lumineux.

Les jours suivants, nous baisons à la moindre occasion, partout où c'est possible. Dans les toilettes d'un bar, à l'abri des fourrées, dans l'océan, sous le porche d'un immeuble. Il n'y a aucune limite à notre désir, à cette attraction physique qui nous fait perdre la tête.

J'aime l'odeur et le grain de sa peau, l'arrondi de ses fesses, la fierté de ses seins. J'aime sa chaleur quand elle m'accueille en elle, ses cris d'animal blessé, les griffures qu'elle m'inflige dans le dos. J'aime la douceur de ses lèvres, la caresse de ses cheveux quand elle me chevauche et m'embrasse dans le cou, son regard absent quand elle jouit. J'aime qu'on se fasse l'amour.

- Tu crois que ça va durer, nous deux ?

Elle me demande ça, allongée sur mon torse et nue comme un vers. Nous reprenons à peine notre souffle, sommes encore couverts de transpiration. J'allume une cigarette et la lui mets dans la bouche.

- J'espère bien, je lui réponds. Nous n'avons pas encore baisé en haut d'une montagne et c'est *mon rêve absolu.*

- Sombre idiot ! Elle me donne une tape sur la tête en rigolant. Puis se mure dans le silence, contemple le ciel à la recherche d'une réponse.

C'est le plus bel été de ma vie.

C'est une insouciance permanente, des fêtes en continue, de courtes nuits de sommeil et la bouche pâteuse au réveil, des siestes sur la plage, des bains à la tombée du jour, des potes qu'on ramène chez eux ivres morts, des rires et trop de cigarettes fumées.

C'est aussi le premier joint qui pique les yeux, la musique des Doors qu'on écoute autour d'un feu, les romans dont on parle avec emphase, ces guerres lointaines dont on se fiche éperdument, ces plans qu'on tire sur la comète, nos vies rê-vées.

C'est enfin Claire qui est partout, occupe mes jours et mes pensées, éveille mes sens en perma-nence, m'emmène sans cesse au cinéma, prend un plaisir sadique à m'embrasser la bouche cou-

verte de barbe à papa, occupe tout l'espace fina-
lement. Pour devenir mon monde.

C'est l'été de mon unique amour.

J'écrase une larme.

Repenser à toutes ces choses, mortes et enter-
rées, me fait un mal de chien. Je croyais être
plus fort après tout ce temps. Après le cata-
clysme.

J'allume une énième cigarette en espérant
qu'elle déclenchera un truc, une saloperie. Que
je finirai comme mon père, seul dans un trou.
Anonyme.

J'aurais tant souhaité que ça se passe autrement. Que les événements restent enfouis sous
une chape de béton, et que rien n'apparaisse dans
les brumes. J'aurais préféré demeurer dans
l'ignorance. Ne pas être aux premières loges,
lorsque ma vie a chancelé avant de s'écrouler
pour de bon. Avec moi au milieu des décombres.
Le cœur à vif.

Vous ne pouvez pas savoir ce que ça fait de se sentir mort, d'être une coquille vide, un truc inutile, un condamné.

Nous décidons de vivre ensemble.

C'est comme une évidence, une simple addition, une logique implacable : nous sommes faits l'un pour l'autre.

Pendant des jours, Claire et moi complotons dans notre coin, mettons au point toutes sortes de stratégies pour convaincre nos parents. Ce qui s'annonce, au mieux compliqué, au pire, impossible.

Nous envisageons la fugue, un train de nuit pour l'autre bout du pays, l'anonymat d'une grande ville.

Nous envisageons le chantage au suicide, de nous rouler par terre, les supplications.

Nous envisageons une fausse grossesse, les mettre devant le fait accompli, jouer les innocents.

Nous n'envisageons pas la défaite et le renoncement, la désillusion.

Nous sommes conscients qu'on va nous opposer nombre d'arguments : le manque de travail, la jeunesse, l'inexpérience de la vie, nos sentiments qui ne sont peut-être pas sûrs, cet amour qui n'est sans doute que passager et volatile, bref comme l'été qui agonise lentement.

On va nous parler argent, nous demander comment on fera pour payer un loyer, la nourriture, les vêtements et toutes ces choses que nous adorons, le cinéma, les restaurants, les fêtes foraines, on continue ou vous avez compris ?

On va sans doute esquisser un sourire, nous lancer un regard étonné, puis nous parler comme à des enfants qui auraient commis une bêtise. On dira que nous sommes biens naïfs, mais que c'est de notre âge après tout, qu'on ne nous en veut pas, que plus tard nous nous en rendrons compte, nous les remercierons.

On jouera peut-être aussi la carte de la colère pour nous effrayer. On parlera haut et fort, les murs trembleront, les mères pleureront et glisseront sur le sol, les jambes coupées par notre audace. On dira ne pas mériter ça, cet égoïsme, l'oubli de tout ce qu'on a fait pour nous. On menacera de nous envoyer en pension, de rendre notre vie austère et triste comme un ciel d'automne. On nous promettra un avant-goût de l'enfer.

L'enfer, ce serait de renoncer à nous, à ce chemin qui se dessine sous nos pieds, à ces es-

poirs qui nous guident. À cet amour qui nous consume.

Nous organisons une rencontre chez ma mère. C'est un dimanche après-midi lumineux. La chaleur fait fondre le goudron des routes, les animaux cherchent des abris de fortune, les vieux somnolent sous les arbres, les jeunes se rafraîchissent comme il peuvent, l'air vient à manquer par moment, c'est une ambiance de fin du monde.
Claire et ses parents arrivent.
Je sens immédiatement l'électricité qui les entoure, l'orage qui couve, une tempête qui pourrait tous nous emporter. Je fais les présentations avec un sourire crispé, je n'en mène pas large, regarde mes chaussures comme si elles pouvaient m'emmener loin d'ici. Nous prenons place dans le salon, ma mère apporte des boissons fraîches et des biscuits, chacun semble se demander ce qu'il fait là. La gêne est palpable. Un silence pesant s'installe d'un coup, prélude au premier coup de tonnerre.

- Je veux vivre avec Claire.

Je lâche ça subitement, sans préambule, sans diplomatie, une déclaration de guerre en somme. Il n'y a plus un bruit, l'assemblée me regarde comme si j'avais perdu la tête, comme si je me trouvais nu au milieu du salon, un fou en liberté.

Claire ne s'attendait pas à ça, cette bombe que j'ai balancée froidement, la déflagration. Ses parents semblent sous le choc, anéantis par la nouvelle. Ma mère est devenue blanche comme un linge, on la croirait à l'article de la mort.

J'attends une réaction de leur part : des mots, des visages qui se crispent, des mains qui tremblent, mais rien.

Le salon s'est transformé en musée Grévin.

- Vous n'êtes pas sérieux ?, murmure ma mère.

- Bien au contraire, lui répond Claire. Nous nous aimons, c'est une chose dont nous sommes certains. Nous voulons vivre ensemble, ne pas perdre de temps.

Les parents de Claire semblent ne pas comprendre ce qu'il se passe. Ils sont murés dans le silence, peinent à reprendre leurs esprits, ont dans le regard cette surprise et cette peur, que l'on voit chez les personnes à qui on annonce une maladie incurable. Une douleur, une souffrance aussi.

Je prends la main de Claire, m'engage à trouver rapidement un travail, un logement, à subvenir à ses besoins, à la rendre heureuse. À lui of-

frir une vie convenable.

- Si c'est ce que vous voulez vraiment, soit, dit ma mère. Mais vous allez devoir vous débrouiller seuls, apprendre par vous-même que rien n'est facile et gagné d'avance. Je pense que vous faîtes une erreur, qu'il est beaucoup trop tôt, que vous êtes encore jeunes et immatures. Je crois que vous ne vous rendez pas bien compte de ce qui vous attend. Mais je ne vais pas m'opposer à votre décision.

Claire regarde ses parents, qui hochent la tête après le verdict de ma mère. L'affaire est entendue.

Amen.

Il nous faut patienter six mois supplémentaires pour pouvoir nous installer dans un minuscule studio du centre-ville.

C'est un simple deux pièces, qui comporte une chambre de taille lilliputienne équipée d'une douche, ainsi qu'un coin salon-cuisine-salle à manger qu'on croirait destiné à des poupées.

Le moindre espace est occupé par nos affaires : les empilements de livres et de disques côtoient des bibelots et des photographies, quelques meubles que nous avons récupérés dans des brocantes, ainsi qu'une plante en pot qui paraît immense.

Nous avons à peine de quoi nous mouvoir mais nous nous en fichons. Nous avons enfin un chez-nous. Nous sommes un couple.

Pour subvenir à nos besoins, il nous a fallu trouver rapidement un travail.

Comme je suis doué en français et en ortho-

graphe, j'ai trouvé un mi-temps dans le journal local. Je suis chargé de rédiger de courts articles sur ce qui se déroule dans les différents quartiers de la ville. Je passe une partie de mon temps à sillonner les rues et à rencontrer les gens, à faire des interviews et à prendre des photos, à transformer chaque petite manifestation en un événement qu'il ne faut surtout pas rater. Sous ma plume, une exposition de peintres locaux devient un rendez-vous incontournable, une fête d'école, le lieu où il faut être, l'ouverture d'un nouveau bar, une date qui comptera dans l'histoire de la cité. J'enjolive les faits, donne envie, fais paraître les personnes plus importantes qu'elles ne le sont en réalité.

Je suis le Maître des illusions.

Pour sa part, Claire est serveuse dans un bar proche de chez nous. Elle est tout juste majeure et n'a aucune expérience, mais le patron lui trouve un joli minois alors il n'a pas pas hésité à l'embaucher. Elle passe ses soirées derrière le comptoir à sourire, servir, rire quand la situation l'exige, ou compatir quand un client éprouve le besoin de s'épancher, de pleurer sur sa vie de malheurs. Elle côtoie toutes sortes d'individus, une société en miniature. Et elle adore ça.

Certains soirs, je vais prendre un verre avant l'heure de la fermeture. Je prends place derrière le zinc et je l'observe, assiste ébahi au spectacle.

Ses gestes sont gracieux, son corps semble en lévitation, elle est rapide et efficace, a un petit mot pour chacun.

Elle est douée pour le commerce, pour parler avec les gens. Elle est tour à tour une confidente, une sœur, une mère ou votre meilleure amie, celle à qui vous pouvez tout dire.

Une reine en son royaume.

Nous avons à peine de quoi payer les factures, mais ce n'est pas important.

Nous sommes ensemble.

Nous profitons des quelques moments de liberté dans la journée pour rejoindre le lit, poursuivre la découverte de nos corps, faire la cartographie de nos peaux, embrasser des terres encore vierges et satisfaire nos désirs mutuels.

Nous lisons aussi beaucoup : Elle me fait découvrir Brautigan, je lui réponds avec Faulkner, elle soupire d'aise en dévorant un Maupassant et je lui oppose un Rimbaud. Parfois, les soirs où elle ne travaille pas, je m'assieds sur le canapé et elle vient poser la tête sur mes genoux, s'enveloppe dans une couverture et me demande de lui faire la lecture.

Souvent, elle s'endort en écoutant Hugo.

Nous allons voir des films chaque week-end, peu importe le titre et l'auteur. Ce qui compte, ce sont les images et les voix, ce sont nos mains jointes et nos baisers échangés dans la pénombre, l'impression d'être isolés du monde. Adam et Eve au premier jour de l'humanité.

Nous adorons aussi nous promener le long de l'océan, observer le ballet des albatros en silence, manger une crêpe et lécher avec nos langues le pourtour de nos bouches pour en ôter le sucre.

Nous adorons rester au lit le dimanche matin, réveiller l'autre par des caresses, prendre notre café allongés en écoutant la mer et le bruit des oiseaux.

Nous nous adorons.

Nous avons un chez-nous et nous nous y sentons bien.

Nous ne voudrions pas vivre ailleurs.

Pardonnez-moi, j'ai besoin de faire une pause.

Ça fait si longtemps que je ne me suis pas confié à quelqu'un. Les mots sont restés coincés dans ma gorge pendant des mois et ils peinent à sortir. C'est comme un accouchement compliqué, une césarienne pratiquée dans l'urgence, une question de survie.

Je mets mon manteau et quitte la maison pour rejoindre le bord de mer. Mes vêtements sont immédiatement trempés par la pluie qui ne faiblit pas. Je presse le pas et m'installe sur un banc face à l'océan. Le vent et la fraîcheur me dégrisent, j'ai un goût de sel sur la langue. Ma vue est trouble, la faute à la pluie ou à ces larmes qui prennent le pas sur ma détermination. Je ne dois pas craquer maintenant. Pas après tout ce qui s'est passé. Une immense lassitude m'envahit et je ferme les yeux.

Claire n'est pas rentrée cette nuit.

Elle travaillait hier soir et je me suis assoupi sur le canapé en l'attendant.

À mon réveil, je fais le tour de notre studio dans l'espoir de trouver une trace de son passage.
Rien.
Je décide de partir à sa recherche, j'arpente les rues du centre-ville, me rends dans des endroits familiers, demande si on l'a vue.
Rien.
Je passe vingt minutes dans une cabine téléphonique pour contacter des amis communs, savoir s'ils ont eu de ses nouvelles.
Rien.

Je commence sérieusement à m'inquiéter, à imaginer le pire : une rencontre qui finit mal, un pervers qui la suit après son travail et...

Je me dis aussi qu'elle a peut-être craqué pour un autre et quitté le pays. Ou bien une voiture l'a renversée et elle gît sur un lit d'hôpital.

Je décide finalement de rentrer chez nous, abattu et l'esprit encombré par de sombres pensées.

Quand j'ouvre la porte, elle est assise dans le canapé.

Le regard qu'elle me lance me glace les os.

Claire est terrifiée.

- J'ai fait une énorme connerie, m'avoue-t-elle dans un sanglot.

Je m'assieds à côté d'elle et lui prends la main, attendant des explications et redoutant le pire.

- Je t'ai trompé Paul, cette nuit. Avec un autre.

- C'est qui ?

Je devrais être en colère, me lever et la quitter sur le champ. Ou bien tout casser chez nous. Mais seule cette question sans intérêt me vient à la bouche.

- Peu importe. C'est un ancien copain que tu

ne connais pas et que j'ai retrouvé hier soir au bar. Une ancienne histoire d'amour qui a refait surface. Nous avons beaucoup bu après le service et ça a mal fini. Je suis tellement désolée.

Choqué, je suis incapable de prononcer le moindre mot. Je lui en veux bien sûr, pour le mal qu'elle me fait, pour ce coup de poignard qu'elle me donne.

Je me lève, allume une cigarette et fais les cent pas au milieu du salon, tourne comme un lion en cage, ne sais pas quelle attitude adopter face à la situation.

- Je t'en supplie, pardonne-moi.

J'ai été stupide et je m'en veux terriblement. J'ai tellement peur de te perdre... Tu sais que je t'aime plus que tout, que je veux vieillir à tes côtés. C'était un accident, ça ne compte pas pour moi. Ça ne se reproduira pas, je te le promets. S'il te plaît, pardonne-moi mon amour.

- Laisse-moi du temps, finis-je par souffler avant de sortir prendre l'air.

Je suis réveillé par une bourrasque de vent.

Trempé et transi de froid, je rentre chez moi à vive allure, ôte mes vêtements et prends une douche brûlante. Je reste longtemps sous l'eau, profite de cet instant d'intimité.
Là où j'irai bientôt, je n'en aurai aucune.

Je me sèche lentement, m'habille et me coiffe avec soin.
Je dois être présentable quand ils viendront me chercher.

Je me suis sérieusement mis à écrire après l'accident.

La trahison de Claire.

J'avais besoin d'exprimer mon ressentiment, de faire sortir les maux, de dire les choses puis de clore ce chapitre douloureux de notre histoire.

C'était un court roman d'à peine cent pages intitulé *La déchirure*. J'avais évoqué mes sentiments : la colère, le doute, puis le pardon. J'avais raconté par le menu la distance qui, au début, s'était installée entre nous, l'éloignement. Nous n'avions pas couché ensemble pendant des semaines. Nous nous parlions à peine, ne sortions plus ensemble, nous regardions en chien de faïence. Nous étions devenus des étrangers.

Puis, lentement, la glace avait fondu et nous nous étions rapprochés. J'avais fini par comprendre que Claire souffrait autant que moi, qu'elle s'en voulait terriblement, qu'elle attendait mon pardon. J'avais fini par le lui accorder.

La vie avait finalement repris ses droits.

Claire adore mon histoire.

J'ai refusé qu'elle la lise pendant des mois. J'estime que c'est du passé, quelque chose de douloureux qu'il vaut mieux oublier. J'ai fini par céder devant son insistance.

Elle n'a pas cillé face à la dureté des mots, face aux reproches. Elle a accepté mon point de vue, s'est contentée des faits.
Elle a aimé me lire.

J'ai envoyé le manuscrit chez un éditeur local sans trop y croire. Aujourd'hui, j'ai reçu une réponse positive. La déchirure *paraîtra dans quelques mois.*
Nous sommes fous de joie, sortons fêter la bonne nouvelle, enchaînons les verres, puis nous endormons tout habillés sur le lit à notre retour. Claire est fière de moi.

C'est une excellente raison pour l'aimer da-
vantage.

Ma mère est morte le jour de la parution de mon premier roman.

Un décès pour une naissance, si je peux faire un parallèle osé.

Cette coïncidence m'a toujours intrigué et troublé. Aurait-elle vécu plus longtemps si mon livre n'était pas sorti ? Serait-elle encore de ce monde ? Je ne peux bien entendu pas répondre à ces questions qui m'obsèdent.

Quelque part, je me sens coupable de son départ. Et en même temps ridicule d'imaginer qu'un événement *insignifiant* puisse en déclencher un autre, terrible et dévastateur.

Une crise cardiaque a emporté ma mère. Elle est morte seule, chez elle, sans personne à ses côtés. Sans quelqu'un pour lui tenir la main, la rassurer et lui murmurer des paroles apaisantes.

Pour cela aussi, je m'en veux.
Pour mon absence.

Nous vivons ensemble depuis cinq ans lorsque Claire tombe enceinte.

Je n'aime pas cette expression, « tomber enceinte ». Comme si c'était une chute, un accident, quelque chose qui fait mal, une déconvenue.
Je préfère dire que Claire crée la vie, qu'elle est une artiste qui esquisse quelques traits sur une toile vierge. Qu'elle se prépare à nous offrir un chef-d'œuvre.

Nous accueillons la nouvelle avec une joie indicible et une excitation incroyable. Nous sommes aussi terrorisés. Serons-nous de bons parents, de bons guides ? Saurons-nous faire les choses comme il faut ? Mille questions se bousculent dans nos têtes. Aucune ne trouve encore de réponse.

Nous devons d'ores et déjà chercher un nouvel appartement, le nôtre étant trop exigu pour héberger une famille. Nous écumons les agences immobilières et épluchons les petites annonces dans le journal. Finalement, nous visitons une vieille maison située à proximité de la mer. Elle se trouve dans un quartier tranquille, offre un grand rez de chaussée avec une cuisine moderne et un salon qui donne sur un petit jardin. À l'étage, deux chambres et un bureau voisinent avec une salle de bains équipée d'une douche. Nous tombons immédiatement amoureux de cet endroit, signons le bail de location sans ciller, alors que le loyer frôle l'indécence.

- Je veux que notre enfant grandisse ici, me glisse Claire.

Ce que femme veut...

Les mois suivants, nous achetons des affaires pour le futur bébé, un landau, des vêtements, des meubles, des peluches, une montagne de choses qui occupent une partie de notre notre appartement. Nous préparons aussi nos cartons, imaginons déjà notre nouvelle vie dans cette vieille maison chargée de souvenirs. Nous comptons bien lui en fabriquer de nouveaux, bâtir quelque chose de solide, y laisser notre empreinte.

Malgré un emploi du temps démentiel, je continue d'écrire. Mon premier roman n'a pas rencontré un grand succès mais peu importe : la machine est lancée, on ne m'arrêtera plus. Dans ce second livre, je parle d'un couple de vieux qui sent la mort approcher, qui ne se résout pas à l'inéluctable et préfère le suicide à l'incertitude. La noirceur de l'histoire contraste avec le bonheur que je ressens à chaque instant. C'est peut-être une façon pour moi d'équilibrer les choses, de repousser le négatif loin de la réalité. De me prémunir contre le malheur.

Claire donne la lumière un soir de juin.
Théo arrive dans nos vies et nous rend ivres de bonheur. Nous sommes submergés d'amour pour ce petit être fragile, ce nouveau lien entre nous deux. C'est le début d'une nouvelle aventure.

Quelques jours plus tard, nous emménageons dans la maison. J'ai fixé au-dessus de la porte une plaque avec son nom en breton : Spi.
L'espoir.

La plaque se trouve toujours au même endroit. Je ne me suis jamais résolu à l'enlever, malgré les sinistres événements qui se sont déroulés ici. L'espoir a déserté cette maison depuis des années. Les brumes l'ont enveloppée puis l'ont fait disparaître. Définitivement.

Dehors, les arbres ont commencé à perdre leurs feuilles. C'est la fin d'un cycle, une sorte d'hibernation.

Moi aussi, je vais bientôt hiberner, me retirer du monde des vivants. Connaître un hiver rigoureux.

La solitude.

Nous adorons vivre dans cette maison.

Nous adorons y voir grandir Théo, entendre ses rires aigus et ses babillements continuels, sentir son odeur de bébé après le bain, l'observer quand il rampe sur le sol pour découvrir le monde alentour.
Nous adorons passer des heures allongés sur des transats, à écouter le chant des mouettes et le bruit du vent, plongés dans un silence religieux.
Nous adorons être bercés par le spectacle des flammes dans la cheminée, vautrés sur le canapé, un verre de vin à la main.
Nous adorons cette vie ensemble, nous n'avons pas besoin de plus.
C'est ça le bonheur : être entouré de ceux qu'on aime.

Les nuages filent à toute vitesse dans le ciel. Comme le temps, que je n'ai pas vu passer.

Théo vient de fêter ses dix-neuf ans, il a déjà l'allure d'un homme avec cette courte barbe qui le vieillit et ce corps qui a grandi trop vite. Seul son regard éternellement étonné est encore celui d'un enfant.

Quand je l'observe, je me rappelle de nos moments de complicité : la recherche de petits crabes dans les rochers lorsqu'il avait six ans, ma main qu'il tenait fort alors que je l'emmenai à l'école pour la première fois, son silence pendant la lecture de son histoire préférée, ses larmes de crocodile après une chute à vélo et ses bras autour de mon cou, ses rires pendant nos combats de polochon, les mille questions qu'il me posait sans cesse sur ce monde qu'il découvrait, son air sérieux quand il était plongé dans la lecture d'une histoire.

Aujourd'hui, il ne vient plus se lover dans mes bras, ne réclame plus de bisous, s'éloigne petit à petit de moi. Je sais que c'est dans l'ordre des choses. Mais je ne m'habitue pas à cette distance, n'arrive pas à me faire à l'idée qu'un jour il quittera la maison. Qu'il m'abandonnera.

Je chasse ces pensées sombres d'un geste de la main puis me remets au travail.

L'écriture de mon cinquième roman me donne du fil à retordre. C'est la première fois que ça m'arrive : les doutes, les hésitations, les paragraphes que j'efface d'un clic de souris. Est-ce lié au fait que mon dernier livre ait connu un beau succès ? Que l'on m'attend désormais au tournant ? Sans doute me mets-je trop de pression. Toujours est-il que je peux passer des heures devant mon ordinateur sans écrire un mot. Et ça m'agace prodigieusement, ça me rend nerveux et colérique, invivable selon Claire, qui quitte souvent la maison pour aller prendre l'air ou trouver refuge dans son bar.

Depuis quelques années et la mort de ses parents (qui lui ont laissé un joli capital), Claire est en effet propriétaire du café où elle officiait comme simple serveuse. Elle s'y épanouit, y passe une grande partie de ses soirées, rentre parfois au beau milieu de la nuit, exténuée.

Nous nous croisons la plupart du temps. J'ai

conscience que nous nous éloignons petit à petit l'un de l'autre, qu'une distance s'installe entre nous, l'éloignement.

Je n'aime pas ça mais que faire ?

- Paul, tu n'aurais pas vu mes clés de voiture ?

C'est devenu une habitude ces derniers temps. Claire a tendance à perdre régulièrement ses affaires. Elle a la tête ailleurs, oublie de faire les courses ou de se rendre à un rendez-vous. Elle en plaisante, mais ça commence à m'inquiéter, ses absences.

Les brumes l'ont prise et je n'ai rien pu faire.

Ça a commencé insidieusement, cette sorte de cancer. Ça s'est propagé lentement en elle et ça l'a éloignée de moi.
J'ai fini par la perdre.

Nous patientons dans une salle d'attente du CMRR de Rennes, le Centre Mémoire de Ressources et de Recherche local.

L'état de Claire ne s'est pas arrangé. Ses absences se sont répétées, ses oublis sont devenus quotidiens : c'est la voiture qu'elle ne retrouve pas sur un parking, une commande au bar dont elle ne se souvient pas, des choses qu'il faut lui répéter plusieurs fois dans la journée, son sac à main qu'elle cherche partout alors qu'elle vient de le poser sur un meuble.

Je lui ai fait remarquer qu'elle n'allait pas bien, qu'elle avait un problème. Elle a fini par s'en rendre compte.

Elle n'en plaisante plus désormais.

Son médecin lui a conseillé de voir un spécialiste, de faire des examens approfondis pour déterminer ce qui cloche.

Nous patientons dans la salle d'attente, silencieux et stressés par ce rendez-vous. La secrétaire nous appelle, puis nous fait pénétrer dans un petit bureau.

Le professeur Cetro n'a pas l'allure d'un médecin. Petit, mal rasé et le crâne dégarni, il me fait d'emblée penser à un auteur de thrillers. Son physique bourru tranche pourtant avec son regard d'une douceur inhabituelle. D'un signe de la main il nous fait asseoir, puis jette un œil au dossier médical de Claire.

Elle a passé ces dernières vingt-quatre heures à l'hôpital, passant une IRM et subissant une ponction lombaire. Les examens se sont enchaînés, je peux lire la fatigue sur son visage, l'inquiétude.

Cetro, ce sadique, prend tout son temps, parcourt les résultats qu'il ponctue de hum *et de* oui, bon. *Il n'a pas l'air de se rendre compte que nous sommes là, tremblant sur nos chaises. Il n'a pas l'air de se rendre compte de notre peur et des nuits sans sommeil. Après une éternité, il relève la tête et nous adresse un léger sourire. Mais le regard qu'il nous lance est sans équivoque : il y a un problème.*

- Madame, d'après vos examens, vous êtes atteinte d'un Alzheimer précoce. À votre âge, c'est plutôt rare. C'est une maladie qui se déclenche

souvent après soixante ans, mais pour trois pour cent de la population, c'est hélas plus tôt. En ce qui vous concerne, je ne peux vous dire dans l'immédiat à quoi elle est due, mais souvent c'est lié à un problème génétique. Nous en saurons peut-être plus dans les mois à venir.

Je suis désolé.

La nouvelle nous fait l'effet d'une bombe.

Claire pleure sans pouvoir s'arrêter, pioche des poignées de mouchoirs dans la boîte de Kleenex posée devant elle, finit par se jeter dans mes bras. Je n'en mène pas large non plus, je ne comprends pas ce qui nous arrive.

Pourquoi elle ?

Cetro nous demande de prendre rendez-vous pour passer d'autres examens. Il prescrit à Claire des anticholinestérases (...), lui donne quelques conseils pour faire travailler sa mémoire, m'enjoint de la soutenir.

Il nous demande d'être forts.

- La médecine fait des progrès rapides, conclue-t-il. D'ici quelques années, nous aurons peut-être trouvé un moyen de soigner cette maladie. Battez-vous.

Quelques années...

Dans quel état sera Claire, dans quelques années ?

Théo est abasourdi et en colère.

Il ne conçoit pas que sa mère puisse être malade. Pour lui, Alzheimer est un truc de vieux, de quasi fous, de personnes bonnes à enfermer.
Je crois que, comme nous, il est terrifié par la nouvelle. Imaginer sa mère perdre la mémoire et ses souvenirs est au-dessus de ses forces.

- Tu vas nous oublier, c'est ça ?, demande-t-il dans un sanglot. Dans quelques années, tu ne nous reconnaîtras plus ? Ce sera comme si nous n'existions pas ?

Claire ne dit rien, elle a perdu la parole depuis que nous sommes rentrés. Elle reste prostrée sur le canapé, enroulée dans une couverture. J'essaye de rassurer notre fils, de lui dire qu'il se passera du temps avant que cela arrive, que d'ici là la médecine aura peut-être fait des progrès. Mais ma voix tremble et mes arguments sonnent creux.

Je ferais un bien piètre comédien.

Théo est sorti voir des amis pour se changer les idées. Nous sommes seuls, silencieux et hagards. L'appétit ne vient pas et nous allons nous coucher. Je prends Claire dans mes bras. La fatigue l'emporte immédiatement.

Mes larmes arrivent enfin.

Vous savez maintenant.

Vous savez de quoi je parle. Vous savez ce que sont les brumes, ce qui a pris l'esprit de Claire. Cette putain de maladie qui lui a rongé le cerveau.

On se dit toujours que ça n'arrive qu'aux autres, ce genre de choses. Qu'on est jeunes et qu'on verra plus tard. Qu'on a le temps pour s'inquiéter. On envisage l'avenir avec sérénité.
On s'est lourdement trompés.

Claire est d'une humeur massacrante.

Elle s'emporte pour un rien : un pull qu'elle ne retrouve pas, un mug que j'ai oublié de laver, le temps maussade, la vie qui n'est qu'une salope.

Je me rassure en me disant qu'elle est sortie de sa léthargie, que le silence a laissé place à la colère, au ressentiment. Je préfère ça à son absence, aux non-dits.

Sur internet, j'ai écumé les sites dédiés à Alzheimer. Y sont évoqués des problèmes comportementaux : des sautes d'humeur, un sommeil perturbé, la perte de l'attention visuelle... La liste m'a donné le tournis.

On y trouve aussi des actions à mener au quotidien pour aider le malade : lui donner des habitudes et des repères, poser des photogra-

phies de l'entourage un peu partout, stimuler le plus possible la mémoire.

Dans l'immédiat, Claire n'a encore que quelques absences passagères. Elle peut toujours travailler, même si elle a embauché une serveuse à mi-temps pour l'aider. Bien sûr, il lui arrive d'oublier un rendez-vous ou des choses à faire dans la journée, mais globalement elle est encore bien là, parmi nous, les « vivants ».

J'ai démissionné de mon poste de journaliste il y a quelques jours. Mes romans se vendent bien maintenant et je peux, par bonheur, vivre de l'écriture. Cela me permet d'être disponible en permanence si besoin était, d'aider Claire à la maison. Je suis devenu le gardien du Temple, celui sur qui on peut se reposer.

Théo, pour sa part, est parti étudier loin de la maison. Je l'ai encouragé à s'éloigner de nous, pour son propre bien. Pour qu'il n'assiste pas à la déchéance de sa mère, sa dissolution dans les brumes.

Le traitement que Claire suit semble donner de bons résultats d'après le professeur Cetro. Son état ne se dégrade pas trop vite et sa mémoire tient le coup.

- J'ai peur qu'un jour tu ne m'aimes plus, me dit Claire. Un jour, je ne saurai plus qui tu es, tu

seras devenu un inconnu. Que feras-tu ce jour-là ? M'abandonneras-tu ? Me mettras-tu dans un de ces centres, qui accueillent les causes perdues dans mon genre ?

Ses questions me bouleversent.
Je n'ai pas les réponses.
Je ne peux que la prendre dans mes bras, lui dire que je l'aime, que je serai à ses côtés jusqu'au bout.
Quoiqu'il arrive.

Quoiqu'il arrive...

J'étais bien naïf à l'époque, j'en suis conscient.

Je ne me doutais pas alors, que je me retrouverai bientôt propulsé au milieu d'une tempête, que des vents contraires balaieraient mes certitudes et ébranleraient mes convictions. Que j'en arriverai à faire ce que j'ai fait.

Il est trop tard pour avoir des regrets.

Je pourrais décrocher ce putain de téléphone et les appeler maintenant. Mettre un terme à tout ça.

Je pourrais arrêter ma confession, me dire que de toute manière le monde entier sera au courant demain, que je ferai la une des journaux.

Je pourrais me mettre une balle dans la tête, éviter ainsi les questions et les regards lourds de reproches, l'accusation. Je dois aller au bout. Je dois expliquer mon geste.

À mon réveil, Claire n'est pas là.

Depuis quelques semaines, elle dort peu la nuit, passe son temps sur le canapé. Elle est épuisée et stressée, s'énerve pour un rien.
J'inspecte la maison, remarque qu'elle a pris son manteau et ses bottines. Je me rends en voiture dans le centre-ville, arpente les rues à sa recherche. Je finis par la retrouver prostrée sur un banc face à l'océan. Je l'appelle mais elle n'a aucune réaction, elle ressemble à une statue.

- Claire ?

Je pose une main sur son épaule et elle se lève d'un bond. Je vois de la peur dans son regard.

- Qui êtes-vous ? Que me voulez-vous ? Laissez-moi tranquille ou j'appelle la police !

Elle vient de hurler, faisant se retourner les rares passants présents.

- Claire, c'est moi. C'est Paul.
Je suis venu te chercher. Rentrons à la maison s'il te plaît, tu vas attraper la crève ici.

- P...aul ? Désolée, je ne connais pas de Paul.

On y est.

Le moment que je redoutais tant vient de se produire. Les brumes ont pris ma femme.

Abattu, je m'assieds sur le banc et me prends la tête entre les mains. Les larmes arrivent dans la foulée, fidèles au poste.

Je reste ainsi pendant un temps infini.
L'étrangère *est restée debout, près de moi.*

Quand je relève la tête, je vois de la peine dans ses yeux, une sorte de pitié. Finalement elle prend place à mes côtés, puis pose une main dans mon dos. Nous restons silencieux, ressemblons à ces vieux couples qui n'ont plus rien à se dire.

- Paul ? Que faisons-nous ici ?

Claire est de retour, vient d'émerger des

brumes. Je lui souris et la serre dans mes bras,
je m'accroche à elle comme un désespéré.

Je respire à nouveau.

Claire ne quitte plus la maison.

*Depuis l'incident de l'autre jour, elle vit re-
cluse, elle ne se remet pas de son absence, de
m'avoir oublié. La culpabilité se lit sur son visage. J'ai beau lui dire que ça n'a pas d'importance, qu'il fallait s'attendre à ça, elle s'en veut
terriblement.*
*J'ai essayé de la rassurer, de lui faire com-
prendre qu'on fera avec cette chose qui la
bouffe, qu'on sera plus forts que la maladie, rien
n'y fait. Elle est perdue et je me perds avec elle.*

*J'ai mis des photos de nous trois un peu par-
tout dans la maison avec un petit mot sous chacune d'elles : « Paul, ton mari qui t'aime »,
« Théo, ton grand garçon », « Claire, oui c'est
toi sur cette photographie et tu es magnifique ».*
*Le réfrigérateur est constellé de post-it avec
les consignes du jour et les rendez-vous. Claire*

se moque de mes attentions, dit ne pas avoir encore perdu la boule. Parfois, je l'observe à la dérobée et je vois bien qu'elle est absente, que sa mémoire lui joue des tours. Ça ne dure jamais très longtemps, c'est comme une micro coupure d'électricité. Les brumes prennent possession de son esprit et elle n'est plus là.

Je me retiens de pleurer à chaque fois.

Certains soirs, je sors les vieux albums photo et on se remémore nos souvenirs, ce bonheur figé qu'on ne retrouvera plus. Elle se rappelle encore de la plupart des lieux et des événements. Parfois, elle s'arrête sur un cliché et grimace de douleur, cherche de longues secondes, me jette un regard angoissé et suppliant. Puis fond en larmes. Je la prends alors dans mes bras en lui murmurant « ce n'est pas grave ». J'ai bien conscience de me voiler la face. Si, c'est grave, dramatique même. Mais que faire ?

- Tu devrais me mettre dans un institut spécialisé, me glisse-t-elle un jour. Ce serait plus simple pour toi, plus vivable. Tu sais bien que la situation ne fera qu'empirer, que je deviendrai un poids pour toi.

Je lui réponds que c'est impossible, que je l'aime trop pour faire ça. Que je resterai à ses côtés jusqu'au bout, que je veillerai sur elle. « Pour le meilleur et le pire », ajouté-je.

Je ne sais pas encore que le pire est à venir.

Les clichés en noir et blanc se tordent dans les flammes.

Je jette nos photographies dans la cheminée, je ne veux conserver aucune trace, pas un souvenir. C'est un mal nécessaire, un moyen de tirer un trait sur tout ça.
Je quitterai cet endroit les poches vides.

Si seulement je pouvais brûler aussi ce qui reste ancré dans ma mémoire...

- Parle-moi de nous.

Nous sommes assis sur un banc face à la mer quand Claire me demande ça.

- Raconte-moi des souvenirs de nous, tant que je suis encore assez lucide. Après, il sera trop tard.

J'allume une cigarette et crache la fumée vers le ciel sans nuages. Puis je me lance.

Je lui parle de notre rencontre ce fameux soir de juin et de sa tête sur mon épaule, de la première fois où nous avons fait l'amour et de la colère de ma mère, de notre premier appartement et des soirées passées enroulés dans une couverture.
Je lui parle de l'ovale de son ventre et de la naissance de Théo, de cet amour immédiat que

l'on a ressenti pour lui et des premiers mots qu'il a prononcés, des dessins horribles qu'il nous a donnés mais qu'il fallait accrocher sur la porte du réfrigérateur.

Je lui parle de cet océan qui nous accompagne depuis toujours, du bruit des vagues alors que nous faisions l'amour à l'abri des dunes, du ciel étoilé que nous contemplions allongés sur le sable et de notre silence face aux couchers de soleil.

Je lui parle de mon amour pour elle, de son regard qui me transporte, de sa peau douce, de sa voix sensuelle, de son odeur dont je ne me lasse pas, de sa présence indispensable.

Je lui parle de notre maison, des rêves qu'on y a faits et de la vie merveilleuse qu'on y mène.

Je lui parle des heures et elle reste silencieuse, suspendue à mes lèvres, accrochée au timbre de ma voix, présente comme jamais.

Puis je finis par me taire.

Ne restent que le bruit des mouettes et le souffle du vent, les conversations lointaines des quelques passants, le brouhaha timide du monde alentour.

Comme un respect, une solennité.

Claire a oublié mon anniversaire.

Ces derniers temps, elle oublie tout un tas de choses : un robinet qu'elle ne ferme pas, des phrases qu'elle ne termine pas, des noms qui lui échappent, des courses qu'elle laisse dans le chariot en quittant le parking, l'argent qu'elle a du mal à compter pour payer son pain.
Ces derniers temps, il lui arrive d'oublier que j'existe.

Je la retrouve parfois dans la chambre, debout face au lit et se demandant tout haut ce qu'elle fait ici. Ou bien elle pousse un cri et exige des explications, veut savoir pourquoi je la séquestre, si je lui veux du mal. Je vois alors dans son regard de la peur et de la haine mélangées. À chaque fois, je lui montre les photos de nous, je raconte notre histoire.
Il m'arrive aussi de pleurer dans ses bras

quand mes nerfs lâchent.

De maudire les brumes qui enveloppent son esprit.

Je ne parle plus à Théo depuis des mois.

J'en suis tout bonnement incapable. Pas depuis que j'ai appris la vérité.

Je suis bien conscient que je lui dois des explications, mais c'est au-dessus de mes forces. Du moins dans l'immédiat. Peut-être serais-je prêt un jour.

Il faudra bien que j'affronte son regard et ses reproches, sa condamnation. Mais rien ne presse.

Bientôt, j'aurai tout mon temps.

Depuis quelques jours, Claire ne pense qu'à baiser.

Il paraît que c'est normal, je l'ai lu quelque part. Après des semaines d'abstinence, je suis ravi de pouvoir à nouveau la caresser, l'embrasser, retrouver son corps comme on retrouve un vieil ami, un territoire connu.
Nous faisons l'amour plusieurs fois par jour : sur le canapé, dans la cuisine en plein milieu du repas, sous la douche, contre une porte. Rien ne semble étancher sa soif de sexe.

Nous sommes en train de le faire sur le tapis du salon quand, au milieu de ses gémissements, elle murmure : « je t'aime tellement, Marc. »

Je débande aussitôt. Ça me fait l'effet d'une gifle, ce prénom lâché en plein ébat. Je me redresse et la regarde. Elle est ailleurs, perdue dans les brumes.

- Continue, ne t'arrête pas, supplie-t-elle dans un souffle.

- Qui est Marc ?, demandé-je. QUI EST MARC ? Je hurle littéralement et elle écarquille les yeux, terrorisée. Elle vient de revenir dans le monde réel, elle se mure dans le silence.

Je m'assieds à côté d'elle, encore essoufflé.
J'attends des explications qui ne viennent pas.

Claire se rhabille sans un mot puis s'enfuit dans la chambre qu'elle ferme à clé. Je la suis et tambourine contre la porte, je veux savoir qui est cet homme, ce qu'elle me cache.
Son secret.

J'entends ses sanglots, je la supplie de m'ouvrir, de me parler. Je finis par de ne plus rien dire. Je suis vide à l'intérieur, anesthésié par la douleur. Nous restons silencieux pendant de longues minutes.
Finalement, elle ouvre la porte, le visage strié de larmes.

- Je dois t'avouer quelque chose.

Je la suis dans la chambre.

Pendant des mois, j'ai été à ses côtés.

Pendant des mois, j'ai essayé de l'aider du mieux que je pouvais. Je l'ai accompagnée à tous ses rendez-vous, j'ai stimulé sa mémoire, j'ai accepté ses sautes d'humeur et ses absences.

J'ai accepté les brumes qui l'enveloppaient certains jours, qui me privaient de son amour, de son regard, de ses mots aussi. Je me suis habitué à ses silences, comme on s'habitue à la disparition d'un être cher, à cette place vide dans notre vie, aux souvenirs qui l'emportent finalement sur le réel. Cette dissolution progressive.

Sa mémoire a souvent joué les montagnes russes.

Certains jours, la lucidité l'emportait sur les brumes. Claire m'apparaissait alors vivante, normale, bien présente dans cette maison qu'elle quittait rarement désormais. Nous pouvions alors parler des heures comme si de rien n'était. Je profitais de chacun de ces moments, j'espérais même parfois que tout soit terminé, qu'elle soit enfin de retour. Ces jours-là, le soleil brillait différemment.

D'autres fois, elle ne sortait pas de sa torpeur. Elle paraissait absente d'elle-même, étrangère à son corps. Elle ne savait plus qui j'étais, se roulait en boule sur le canapé, refusait de parler et de manger. Je ne pouvais pas l'approcher sans qu'elle se mette à hurler. Un animal blessé.

Théo passait rarement nous voir.

La fois où sa mère ne l'avait pas reconnu, il avait quitté la maison en pleurant. Il préférait se protéger et je ne pouvais pas lui en vouloir. J'aurais fait la même chose à sa place.

Aujourd'hui, je me dis que j'aurais dû placer Claire dans un centre. Ça nous aurait épargné les déchirements et la colère, cette fracture entre nous.

La fin de notre histoire.

Claire m'enfonce un couteau dans le cœur.

Elle m'a trompé avec un autre pendant des mois. Elle me dit ça en pleurant, jure qu'elle regrette cette aventure qui n'a pas compté, que c'était une énorme erreur. Que ça s'est passé il y a longtemps, avant la naissance de Théo.

Marc Duguin a été son premier amour. Elle l'a connu avant moi, en était folle à l'époque. Elle se voyait déjà passer sa vie avec lui. Mais il était déjà passé à quelqu'un d'autre. Elle ne s'en est jamais vraiment remise.

Elle m'a rencontré et n'a jamais douté de son amour pour moi. Elle avait fini par oublier Marc, jusqu'au jour où elle l'a croisé par hasard au coin d'une rue. « Il était si beau, si prévenant, si touchant, murmure-t-elle dans un souffle. Je n'ai pas su résister à son charme. »

Claire me raconte rapidement la suite, passe sur les détails, évite de croiser mon regard, l'incompréhension. Ils se sont revus à plusieurs reprises, souvent chez lui, pour éviter les mauvaises rencontres. Tout s'est bien passé, puis un jour il l'a quittée, brutalement. Elle a mis des semaines à l'oublier.

Claire prend mon visage entre ses mains, jure qu'elle regrette, qu'elle se sent coupable du mal qu'elle me fait. Elle n'aime que moi, me supplie de la croire.

Le coup part sans que je m'en rende compte. La claque que je lui assène la fait taire dans la seconde.
Je quitte la chambre sans un mot.

Ce soir-là, quand je vais la voir, elle est allongée sur le lit, les yeux vers le plafond. Elle est de nouveau dans les brumes.

Je ferme la porte de la chambre à clé.
Ce soir, je ne lui donnerai pas à manger.

Elle va payer pour le mal qu'elle me fait.
La trahison.

Une colère sourde ne me quitte pas.

Depuis la révélation de son secret, Claire est plongée dans les brumes.

Elle est confinée dans la chambre, ne dit plus un mot, ne se lève plus pour aller aux toilettes. Je lui ai mis une couche pour ses besoins, la nourris de choses qu'elle n'aime pas, la laisse baigner dans sa crasse. Elle commence à sentir mauvais, mais je m'en accommode.

Je veux qu'elle souffre.

Cela fait quatre jours que je connais la vérité, mais je ne l'accepte toujours pas. Comment a-t-elle pu me faire ça ? N'ai-je été qu'un lot de consolation, un second choix dans sa vie ? Je suis perclus de douleur et de doutes. Je lui en veux terriblement.

Claire ne se plaint pas, semble accepter son sort. Elle s'est réfugiée dans les brumes, là où je ne peux pas l'atteindre. Et ça me rend fou.

Ne me jugez pas trop vite, je vous en prie.

Vous ne pouvez pas savoir ce que c'est que de se sentir trahi, abandonné pour ainsi dire. J'aimais Claire, ne voyais la vie qu'à travers elle. J'imaginais alors que je passerais mon existence à ses côtés, jusqu'à la fin. J'imaginais nos visages ridés, nos mains tremblotantes, nos regards encore vifs et amoureux.
J'imaginais une autre histoire.

Vous ne savez pas tout.
Attendez, avant de m'accuser.

Claire n'est plus qu'une ombre.

Elle est enfermée depuis deux mois, une prisonnière dans notre maison.
Elle est sortie de sa léthargie à de rares occasions, m'a encore supplié de lui pardonner, a été horrifiée aussi par le traitement que je lui réserve. Elle a juré n'aimer que moi, a beaucoup pleuré, s'est parfois arraché les cheveux et griffé le visage jusqu'au sang.
Je demeure inflexible. Le pardon n'est pas à l'ordre du jour.

Je la nourris peu, ne lui accorde aucune sortie, ne fais plus travailler sa mémoire. Je veux qu'elle oublie l'autre, que mon visage soit le seul qui demeure dans son esprit.
Je suis bien conscient que j'agis mal, que la colère est mauvaise conseillère et que la vengeance est indigne de nous, de notre passé com-

mun. Mais je ne peux me résoudre à oublier ce qu'elle m'a fait.

J'aimerais, moi aussi, partir dans les brumes.

Combien faudra-t-il de temps avant qu'ils soient là ?

Je vais bientôt parvenir au terme de ce récit.
Je passerai alors ce coup de téléphone.
Et c'en sera terminé de moi, de Claire.
De nous.

J'ai fini par retrouver sa trace.

Marc Duguin a succombé à un AVC il y a deux ans. En fouillant la rubrique nécrologique du journal où je travaillais, j'ai appris qu'on avait enterré sa dépouille au cimetière de la ville, concession n°2458. Je suis allé y faire un tour.
Sur la tombe, la photographie d'un bel homme et son nom. Je ne m'attarde sur les lieux pas plus de cinq minutes.

De retour à la maison, je rejoins Claire qui est dans un bon jour et me supplie du regard. Elle espère toujours que je lui pardonne.

Je m'assieds face à elle et lui souris.

- J'ai une bonne nouvelle pour toi, lui dis-je. Nous allons reprendre notre vie comme avant.

Tout est oublié.
Je t'ai aussi amené un cadeau. Regarde.

Je sors mon téléphone portable et lui mets la photographie sous les yeux. La tombe de Marc.

Claire ne peut réprimer un cri de douleur. Elle enfouit son visage dans ses mains et pleure sur son amour, mort pour de bon.

Je savoure ma victoire en lui tapotant le dos. Puis je quitte la chambre en sifflotant.

Claire ne me parle plus depuis une semaine.

Quand les brumes la laissent un peu tranquille, elle ère dans la maison en silence, se contente de me lancer un regard noir. Elle est désormais libre de ses mouvements, mais je la surveille, je ne lui fais pas confiance. Quelque chose en elle a changé.
Une chose sombre semble l'habiter.

Nous nous méfions l'un de l'autre, nous retranchons derrière des non-dits. La distance qui nous sépare s'agrandit jour après jour, un gouffre qui nous éloigne.

Nous sommes en train de nous perdre.

Claire me sourit et je n'aime pas ça.

Elle prend place à côté de moi sur le canapé, me lance un regard indéchiffrable, puis ouvre la bouche pour la première fois depuis des semaines.

- Théo n'est pas ton fils.

Elle m'annonce la nouvelle sans sourciller. Je vois bien qu'elle jubile, qu'elle est contente de voir ma mine déconfite, la grimace que je fais. La douleur.

- Tu vois, moi aussi je peux te faire du mal, ajoute-t-elle. Je n'en suis pas fière, mais je ne supporte plus ton comportement, ta méchanceté à mon égard. Il est temps de payer l'addition.

Le bruit de la claque résonne dans le salon.

- Défoule-toi, Paul, si cela te fait du bien.

Mais les faits sont là : Marc est le père de Théo. Il a été conçu pendant notre liaison, c'était un accident. Mais je ne regrette rien. Tu vois, Marc n'est pas vraiment mort finalement. Et contre ça, tu ne peux rien faire. Je pourrais te dire que je suis désolée, mais je ne le suis pas. Il faudra que tu vives avec ça.

Claire attend ma réaction, mais je ne bouge pas. Je suis anéanti.

Je quitte la maison sans un mot.

Je lui en veux encore pour ce qu'elle m'a avoué, ses secrets.

J'aurais dû accepter l'inacceptable, pour elle. Parce que les brumes assassines ont transformé Claire en une autre personne, une inconnue.

J'aurais dû passer outre les révélations, pardonner par amour, être plus fort que la rancœur.

J'aurais dû raconter notre histoire dans un roman et passer à autre chose.

Mais je n'ai pas pu.
La blessure était trop douloureuse.

Il fait sombre dans la chambre.

Claire est endormie, je peux entendre sa lourde respiration. Je m'approche du lit et m'assois à côté d'elle. Elle est allongée sur le dos, le drap remonté sur ses épaules nues. Son visage est apaisé.

Je caresse ses cheveux d'une main tremblante. Elle est encore si belle. La maladie me l'a ôtée, mais je sais qu'une part de moi l'aimera toujours.

Je la regarde dormir pendant quelques minutes, puis je prends un oreiller posé sur le lit. Je me mets à califourchon sur Claire et le presse sur son visage.
Au début, il ne se passe rien. Puis elle commence à s'agiter, son corps bouge dans tous les sens, j'entends ses gémissements, ses cris étouf-

fés. Je tiens bon, je pleure, je ris, je suis quelqu'un d'autre.

D'un coup, son corps ne bouge plus.

Claire est partie pour de bon, elle a rejoint les brumes.

Je laisse le coussin sur son visage et quitte la chambre.

Son corps est toujours sur le lit.

Je ne suis pas retourné dans la chambre.

Vous savez tout désormais.
Vous savez que je l'ai tuée.
J'ai assassiné Claire.
Je me suis débarrassé des brumes.

Je décroche le téléphone et compose ce putain de numéro.

- J'ai tué ma femme, dis-je au fonctionnaire de police.

Je donne mon nom, mon adresse, puis je raccroche aussitôt.
Ils peuvent venir me chercher.

Je suis prêt.

- Remerciements -

Un grand merci à Brian Merrant qui a réalisé la couverture de ce roman. Graphiste et romancier talentueux, il est aussi un soutien dont je ne pourrais pas me passer. Et un ami sincère, une présence indispensable.

Je remercie également ma correctrice Catherine Sicsic qui, avec douceur et tact, sait faire passer ses remarques. C'est une amie discrète, mais toujours animée d'une incroyable gentillesse. Mes baisers vont vers elle.

Je remercie les personnes qui chroniquent mes livres avec sérieux et honnêteté. Je vous dois beaucoup.

Je vous remercie enfin, lecteurs et lectrices, qui me suivez depuis quelques mois maintenant.
C'est toujours un réel plaisir d'échanger avec vous, via les réseaux sociaux.

Printed in Great Britain
by Amazon

49349113R00083